U0599864

俟河之清

陈幸 著

海峡出版发行集团 | 海峡文艺出版社

图书在版编目(CIP)数据

俟河之清/陈幸著. —福州:海峡文艺出版社,2020.1(2024.3重印)
ISBN 978-7-5550-2095-0

Ⅰ.①俟… Ⅱ.①陈… Ⅲ.①诗集—中国—当代 Ⅳ.①I227

中国版本图书馆CIP数据核字(2019)第270625号

俟河之清

陈 幸 著

出版人	林 滨
责任编辑	蓝铃松
编辑助理	张琳琳
出版发行	海峡文艺出版社
经　　销	福建新华发行(集团)有限责任公司
社　　址	福州市东水路76号14层
发行部	0591—87536797
印　　刷	三河市兴博印务有限公司
厂　　址	河北省廊坊市三河市杨庄镇大窝头村西
开　　本	720毫米×1000毫米 1/16
字　　数	160千字
印　　张	16.25
版　　次	2020年1月第1版
印　　次	2024年3月第2次印刷
书　　号	ISBN 978-7-5550-2095-0
定　　价	86.00元

须其自来　不以力构

——序陈幸诗集《俟河之清》

◎哈雷

“俟河之清，人寿几何”语出《左传》周诗，意为等黄河水由浊变清，还将要多少时间。后作为意愿无望或难以实现的典故。但陈幸兄却以《俟河之清》作为他第二本诗集的书名，寄寓着诗人激浊扬清，对天清气朗的人世与人心的净化、心灵澄阔高远的期待。作为有几十年创作经历的老诗骨，诗歌就是他安放灵魂的住所，也将和他相伴一生。“曾经沧海的人 / 胸中不是一个汪洋 / 就是一片天空……从心怀掏出的，不是沙砾 / 是盐粒似的星辰”，在《盐》这首诗中，他以一种殉道者的虔诚拥抱生命和所爱之物。和许多诗人一样，诗歌和他的职业并不相关，相关的是他对诗歌的信仰，并以此为一生的宗教去罩住人心无止境的欲望，正如他在《盂兰盆节》一诗中所说的那样：“在这个节日，最该袚除的 / 并非黄泉下的鬼 / 而是我们心中的魔”。

再次读到陈幸从网络传来的一叠诗稿，我的脑子里腾起了一个问号：“他到底是属于哪一类的诗人？”这是个问题。这些年来，但凡一些诗人需要评述或者为之作序等，我都会首先提出这么个问题。作为一个逐渐走向成熟的诗人，他的诗愈加显出对世事的洞察和对语言的把控力，诗歌理想也渐渐丰满明晰。诗人作为一个个体创作者，在写作中形成鲜明的诗人形象，这是走向成熟的至关重要的阶段。在反风格、反个人化的写作潮流中，用口语写作消解了存在的意义和价值，回到生活本真的位置上来。即便这样，写作者依然是主体，永远还是诗歌的主人。诗歌就是诗人的说话方式。画家、书法家、雕刻家、陶艺师等，其创作的辨识度相比诗歌更容易呈现出来，当然也更容易被模仿；而诗歌以语言作为交流的工具，虽然每个民族和地域风格各异，但个体间的差别并不是很大。诗歌是最不能接受复制和仿效的艺术，它的难度就在于要说出和别人不一样的话，哪怕是口语表述，也要“不好好说话”的那一种。更何况语言还只是个体风格的皮毛，内在的个人价值取向和精神气质才是真正决定诗人风格的关键，就像人的基因和血肉的关系。诗歌的形象生成有时就在一首代表作或一句诗行里。如北岛的“我不相信”，顾城的“黑夜给了我黑色的眼睛 / 我却用它寻找光明”，舒婷的“仿佛永远分离，却又终身相依”，海子的“面朝大海，春暖花开”，余秀华的“告诉你一棵稗子提心吊胆的春天”……短语的后面，就是诗人对这个世界、人生的回应，是极具个人化的声音，是他一个阶段甚至是贯穿他们写作全过程的一个态度，也是诗人精神的原乡。

在我即将离开职场、退回个人生活的那天，我就给自己设定了“做减法”的生活目标，并写下了一首诗《我就这么短斤少两地活着》。接下来的一段时间的写作都有放空自己、独自翱翔的孤独和快意，并以此角度来观照社会和人生，诗歌的个人化写作较之前两个阶段的创作（第一阶段1980—1988；第二阶段2009—2013；第三阶段从2019年2月至今）鲜明起来，由此也找到了诗歌写作的自觉。2019年8月22日，《诗刊》社在中国现代文学馆召开闽东诗群诗歌研讨会，《诗刊》前主编叶延滨就敏感地谈到了这首诗并现场读了一遍，提出“要有独特的诗人形象，诗人永远要做他作品的主人公”。与我不同的是，陈幸在职场正春风得意，年富力强，为政经验丰富，肩上也挑着不轻的担子。在这种状态下，他依然保持高涨的创作热情，依然寻求着有意味的诗歌话语和对隐喻世界的敏锐触觉，许多作品都饱含着这个时代的新鲜度。这是非常可贵的创作状态！如古往今来很多人写七夕，2017年8月28日那一场七夕，是他让我读到一首《数字七夕》：

今夜，五千亿颗星星
只架一座桥，一万片翔集的红霞
只点一堆篝火

今夜，春心比落日炽烈
三百六十五个昼夜的相思

横亘天上，是十万光年的路程

今夜，一条银河、八千个星斗
退隐到天幕的后面
为他们腾出幽会的处所

今夜，地球上一个国度
十四亿个有心人，全都在凝听
他们喁喁的情话

今夜，大地上九万亿棵草
在初秋凄清的风中，为爱倾伏
无不噙着天上洒落的泪滴

陈幸依然保留着诗学路径的纯粹性，他的写作是有源头的写作、家园写作、乡土意识与抒情化倾向依然明显，但他避开了一提到故园就指向乡愁化的单一抒情方式，也就是说他避开了当下诗歌创作的泛情感和伪情绪化。在一首诗中他唱道：“那时，粮是纲，食为天 / 就是青黄不接家计无着 / 也能拥有分明的四季 / 那时，田畴方埂般规整 / 人心也一样，都还没荒芜”。在《我与奶奶的夏天》中写出了贫困生活中的亲情是那么温暖和亲和：“我与奶奶的夏天 / 冲大半碗沸水 / 总会打开一两粒带梗的茶米 / 于是微荡的水中 / 悬挂着一份好心情 // 我与奶奶的夏天 / 奶奶的小脚，怎能撑起 / 一棵大树？她一手牵着我 / 一手轻轻摇动蒲扇 / 为我罩下一团浓阴……”温柔拉长了悲悯与爱怜，情绪落在日常细而小的事物上面，轻描淡写中有着桃花源式的情趣，表现现代人普遍的归乡怀土的清愁。他笔下那时的故乡是耕云播雨，是一场苦恋，带给家园更多牧歌式的体验和感受。可贵的是，他有着诗人独特的发现生活的能力和重新解构细节的能力，把控语言和题材的能力，在写作中对字句的推敲和精琢达到一定的成熟度，是一位有着“工匠精神”的写作者。他说，“现在，我已不再 / 用睥睨的眼光看待事物 / 而是放下身段，再放下身段 /——当曾经轻狂的我 / 卑微如一只蚯蚓 / 就深深扎进了泥土 / 为大地呼吸 // 而你，成了我葳蕤的森林”。他开始尝试用质朴的语言写作，开始将口语、民间语言转化成优雅、向上、高贵的和富有张力的语言，又掌握了能够将诗意、优雅、唯美转化成有趣、有意味、口语化的能力。选用没有任何遮蔽和装饰的语言作诗，一点瑕疵也会被放大，一目了然，这是对难度写作的一种挑战。我认为诗歌是最质朴的艺术，只归于心灵。质朴的、真实的，才是最有灵性的。诗从简单的语言，熟悉的场景，常见的生活中提了起来，避开惯常的语境，写出不一样的感受。现代诗越来越不喜欢穿着厚重的呢制服，也不喜欢绫罗绸缎、咔叽、呢绒、“的确良”等面料，现代诗就像棉麻布衣，接地气，有点土气，又很透气，于叙述处生出玄机，于日常里照见禅性，于自然中发现诗意。

我们经常看到一些颇有成就的诗人，在语言上用力过猛，指认过重，词语上晦涩难懂，句型上故作玄虚，虽然带来了诗歌的陌生化效果，但也让人感觉精神上的拉力过度和紧张感，阅读者、被阅读的强制感。诗也是心灵的瑜伽术，发力太大或太轻都可能伤害诗歌自身的通透性，诗人要有四两拨千斤的能力。现代诗中的陌生感、奇异性、新奇化语言体制正逐渐被口语化瓦解，代之而来的是简约而不简单，陌生中又含着神秘。陈幸的另一首诗《大江舞动星辰》，又带给我不同寻常的感受：

当我把这一条大江
从我站立的位置
整个儿扶起，它就是一棵
天地间高耸的巨树

这时，我才发现
它真正的源头，不在沱沱河
而在这片广袤的国土下
每一株草木的根部

你看到的是，一股洪荒之力

推着滔滔江水向上奔涌

最后伸出一双臂膀

举起了浩瀚的海洋

现在，我要把夜空拉近

让曾经淘洗岁月的大江

在初秋的清风中，与我一起

舞动漫天的星辰

读到他这首 2018 年 8 月 29 日在南京写的诗，让我想到济慈的一句话：“诗应当写得有点儿适当地过分。”我曾读过其他诗人“把大海扶起来，站成瀑布”等类似的句子，已感惊讶；将长江说成天地间高耸的一棵树，将它的源头说成是在广袤的国土之下，而后才有将夜空拉近，在初秋的清风中，和他一起挥舞满天星辰的豪迈和气概。想象大胆奇绝，应该是前无古人。在合理的过分中，气韵贯通，意象缜密，视觉和感官的冲击力也是巨大的。在这本诗集的第六辑中，他眼中的山水漓江、峨眉、独秀峰、九寨沟等既有气势不凡的一面，又有禅意沉静的一面，但都贴近山水之间，又高蹈于山水之上，智、情、韵、趣圆融一体。米沃什说："如果没有精神和思想居高临下的嘲笑，人类便会受本能欲求驱使，展现出动物性的愚笨。看起来，人们已经学会质疑造物主的道德动机了——他创造世界的原则就是：让所有事情变得更有趣和好玩。"

近年来，陈幸的创作继续勃发，常以"芙蓉君"笔名见诸国内许多报刊和网络公众平台，我读出一个从他诗中渐渐隐现出的衣袂飘飘的有着一副侠肝义胆、豪情万丈的陈幸——诗人芙蓉君独特形象。

冰心先生有个独特的观点，诗人、文学家要生在中流社会的家庭——就是不贫不富的家庭。她还引用了克鲁泡特金的话："物质的欲望，既然已经满足了，艺术的欲望，自然要涌激而出。"是啊！生活中你看到几个极富的人写诗并成为诗人？他们的天才都已用于夺取豪侈禄利、酒食争逐之中，他们的诗意与情趣被世俗的欲望淹没了。贫寒人家忙于一日三餐、养家糊口，也难做到以贡献艺术为目的的创作实践。"虽然是说穷愁之词易工，然而主观的穷愁，易陷于抑郁牢骚，不能得性情之正。虽可以博得读者的眼泪和同情，究竟不是促进文学的一种工具。所以最适宜于产生文学家的家庭，就是中流社会的家庭。既然不必顾虑到衣食谋求到生计，一面他自己可以受完全的教育。"（冰心语）当下诗歌呈现出的众声喧哗，也说明了中产阶层的心境发生了变化。我一向认为，艺术是"玩"出来的，我说的"玩"实际上是一种"打磨"，如讲求艺术修行和推崇工匠心的宋代创造出了中国历史上艺术辉煌的时代。近几十年来，人们的生活水准大幅提升。在这样一个生存的图景下，十多年前陈幸重返诗坛，他对世界的独特经验和形式有更细致入微的感受，人过中年也感受到生命机体的创痛，诗歌就有了厚重的质地感。2018 年 9 月 26 日—10 月 23 日，他住进了医院并做过一次手术，在被推出瘆人的手术室时，他突然觉得“只有砭骨的疼痛 / 才能唤醒一个麻醉的人”。在病榻上，他用手机写了十五六首诗，其中一首《手术》将自己化作了解除病痛的手术刀：“此刻，我在麻药的掩护下 / 潜入一片神经的密林 / 挖掘出一粒深藏的虫蛹”——这是一个将自己剖开的过程，也是打开的过程，是一个诗人无论在什么境况下都可以把自己交还给诗歌的过程。我看到陈幸新作频出，“每有制作，伫兴而就”的样子，读到他一首首“须其自来，不以力构”、随着灵感而动的句子，仿佛自己也被裹进他所营造的诗意之中，正如他在《晴如青瓷》中所写的那样：

既然世界已经袒露无遗
你还有什么不能释怀
假如我是君王，也会白云般
轻轻地放下江山

只是无常的六月

没有谁可以坐享其成

当平地响雷，高高在上的天

会不会青瓷一样破碎

2019年9月26日写于奥克兰东区一哈间

目录

第一辑　相思花开

第二辑　季节心跳

第三辑　遇见斜阳

第四辑　此岸彼岸

第五辑　雨如花籽

第六辑　欲去还休

第七辑 季札挂剑

特辑　辜负秋阳

第一辑

相思花开

季　春

一晃又是一个季春
花，该开的开，该谢的谢了
只有你我之间的事
关乎世界的隐痛
谁都不想公开

你是拂晓时分
天边晶亮的阿佛洛狄忒
为我，为草尖上的一滴露珠
划过一道时光的弧
无关风月，不计生死

却为什么，偏要
用挟风带雨的方式，告别春天
——对于你，一柄长彗
足以扫集凌乱的星辰
对于我，那落花布设的残局
该叫谁来收拾

2019 年 4 月 30 日

危崖之下是大海

那一夜，他并未止步危崖
一脚踩空后，才发现
两条斜倚的江，相拥在了一起
终于被大海吞没

化入海中，世界水镜般屏息
而双心却在撞响时，碎了
珠玑似的浪，不是咸涩的盐粒
是撒向春宵的玫瑰花籽

他的手，抚过柔滑的夜色
渐渐升起来的体温
两块饴糖似的舌，铸成天上月
从此不睬人间的事

只有一条腾跃的蓝鲸
替天地喘息，翘起的尾鳍
闷声拍打睡死的夜空
宏大的海，从它高隆的脊背上
雪崩般——滑落

2019 年 3 月 21 日

是春，是爱情

再次逼迫自己，不去想你
就如再次告诫自己
不提旧的一年，不说新的四季
——我怕满头的青丝
像山巅落雪，一夜间白了
年尽时，思念是冬眠的梦
年过后，我深埋土里的情愫
被谁唤醒了起来
一丝丝带酒气的风
路经人群，瞒过了众人
缠住你时，却是什么
暖了开来，痒遍你的周身
这些，一如几十年的过往
你都不曾说出真情
是的，藏进云里的一切
蒙不过我，也骗不了你
当阳光终于探出头来
站到了每一树嫩枝上
一粒粒花苞，打开的
都是同一个词语
你说是春，我说是爱情

2019 年 2 月 13 日（己亥年正月初九）

思念如风

风，迎面而来，擦身而过
分明偃卧在了草丛上
却在我侧身之际，了无踪迹

她不留下什么，只有一句话
还挂在我的耳郭，絮语着
我们曾经的亲昵

是的，她一定翻越了
那一道高高的山梁，走过处
曼妙时光旋动了起来

就像今夜，另一阵风造访
倏忽间又走失在了荒野
无端搅起我心中的微澜

此时，雪落无声，雪化无痕
我的周身却雪花般温暖
只有思念如风，寻觅着方向

2019 年 1 月 21 日

我是石头

当喷涌而出倾泻而下的
都凝固成一块块石头
再去说岩浆的爱情
显然为时已晚

我是其中的一个
收回迸射的星火
淬进冷却了的胴体
斑斑点点，都铭心刻骨

是的，我是石头
好想挪动脚步
投入你暖融融的怀抱
如它回到地心
如我，找见自己的前生

可是，除了借你勇气
除了雷霆给予的力量
我还有什么能用来表白
——一颗如磐的心
既已熔铸一个你
就坐等石烂海枯

2018年11月13日

风中的人

抚摸清风时，还痴恋着秋
当季节走到尽处
有人，一夜白头

天籁飒飒，那个风中的人
挥霍了一树红叶
如错过一场爱

于是，只留下一个
关于相思的秘密
一半埋进了雪，还有一半
被藏在月亮的背后

2018 年 11 月 10 日

光年之外

光年之外，灵魂也会有生死
一些还在明灭间
一些已被长空瘗埋

你用燃烧的方式
点亮了一盏长明灯
因为遥看着尘世，所以永生

寻寻觅觅，冷冷清清
当你终于照见我，你芳华依旧
我却早已不青春

我是一根摇曳的枣烛
不怕荒野飘荡的磷火
只恐自己的内心，无端起风

天上与人间，相去万千年
你的爱是暗夜的礼花
我的思恋，蓝空一样深

2018 年 8 月 14 日

四季不败的花讯

假如我仍缄默不语
你一定不体认
一棵树的艰难
夏炎如火，爱更旺盛
假如你还那样矜持
不会有人在意木芙蓉
怎样独自走向了秋
她的枝丫依偎着蓓蕾
宛如贴紧的心
双双等待绽放
这些你懂，却像我一样
依然什么都没说
是不是南来的热风
自会给你捎去
我四季不败的花讯

2018年8月1日

空位子

独守着对面那一个
空位子，帘外云天的一角
就浓郁了起来
如杯中刚沏的酽茶

骤来的雨，落进了绿草坪
见不到它洇开的样子
却有一滴滴的痒
从我的肌肤直透心壁

是的，从你的心中
䌷绎出的情丝，夏雨般淋漓
只要你不说出谁疼
一切的修饰都是多余

我这样想的时候
东天惊现一弯七彩的晚虹
那是不是你，从北方
伸过来的一只手

2018 年 7 月 8 日

仲夏月夜

曾经发烧的世界
芟除芜杂的部分
夜，就澄明了起来
譬如爱情
譬如呼吸着的风

我真的好想
对着旷野大声呼喊
可终未扯开嗓子
不是怕惊动神灵
是怕惊扰了你

不安分的江海
在夜色里咸淡交融
而我一颗跳荡的心
是疏星的夜空中
一轮泵血的圆月

这时，东方的天际
并未拦住退去的潮
海平线的外头
倾泻下无边的瀑布
如一场雪崩

2018 年 6 月 27 日

盐

江河说，流年似水
湖海说，泱泱情深
而我却要对你说
被逝川挟带被岁月淘洗的
都在寡淡的时光下
晾晒成了晶体

曾经沧海的人
胸中不是一个汪洋
就是一片天空
即如今夜，我侧耳礁岸
倾听鹦鹉螺里咸味的潮音
等候着深情涨起
而你却人在天涯
从心怀掏出的，不是沙砾
是盐粒似的星辰

2018 年 6 月 14 日

仿佛一切都从未发生

猛一转身，就一头
撞上了月亮
月光熄灭，一团火
直从唇舌烧灼到心底

夜掩饰了羞涩
才有人鼓起勇气
去拥抱星空
滔滔的银汉，高涨起
一江柔情的春水
在深沉的喘息中
呢喃着呓语

是什么漫漶成水墨
让深情泼洒时空
是谁轻轻摇落
露滴一样的星斗
濡湿一片青草地
让两个紧闭双眼的人
从内心窥见内心

几只蝙蝠擦过身旁
惊飞了几片夜色

而这个世界
仿佛一切都从未发生

2018 年 6 月 6 日

空酒瓶

在两个人中间，一只
玻璃酒瓶，俨然一个滴漏
当漏下最后一滴玉液
就漏尽了灯影下的时光

步出户外，才发现
你迷离中拥有的，却是爱情
而她，像裹着单衣的夜空
从嘴里吐出一片温润的月

宛如一根伸长的舌
给漆黑的土地，好一个热吻
你却是一株醉晕的树
在趔趄间，猛醒了过来

2018年5月28日

面海临风

面海临风，谁不想抒怀
而我却把黛色的此岸
远远甩到了身后
将鼓起的一副皮囊
孤独成一座岛屿
在海上漂浮

海挂起蔚蓝的天幕
你却遥在海天外的彼岸
退去的潮，一步一回头
舔舐海绵般的沙滩
叫磊磊白垩岩的内心
开满米黄的相思花

我把想说的，都托付给
一阵阵咸湿的风
假如你依然不懂
我就将所有的方块字
统统倒进大海
让涌起的一层层波浪
排列成诗行

这时，多褶皱的海面上

蒸腾紫色的雾岚
其中一个旋涡
正酝酿一场风暴
寻找奔袭的方向

2018 年 5 月 23 日

远　山

远山多歧路，其实我
早已认准脚下这一条
暮春里，该开的花都开了
你是一株野罂粟
却藏在了哪一丛

假如你只是念我
又何必归隐山林
我苦苦地等你，等了你
整整一个春季
若说这就是相思
真的希望你懂

现在，大雾透进林子
雨滴带落点点桐花
待雾雨消散，你却在山坳
化作一团氤氲的岚
爬上了对面的山头
端坐成一个
我不可及的风景

2018 年 4 月 30 日

渴 盼

一只蜂儿，很快就找到
自己钟爱的花蕊
我却在甜丝丝的风前
迷乱了双眼

粉红的花海中，定有我
久久念想的一朵
却见一只蝴蝶扑闪
带走几瓣阳光

现在，一个个山头
都叠起了翠绿
在暖洋洋的一片桃花上
荡漾溶溶的春水

而我，是山麓一座湖
因为久旱，所以渴盼
早已见底的心
足以蓄满柔情

2018年3月25日

等候一场雪

你总是被一个
寒光刺眼的记忆
拦阻在我朝北的乡关
今天，又在高山的那一边
飘落到了谁家

其实，我和你
只隔着一面薄薄的雨帘
其实，弥天漫地的白羽中
真正属于我的
只是一小枚

现在，潦草的冻雨下
我的心湖慌乱成
交错的涟漪，还没准备好
去迎接欢喜的雪花
你若这时飘临
怕在瞬间化了

是的，既然已渴盼经年
我就在无边的风雨中
站成一棵树——等你
你来，或者不来

我都会雾凇一样
偕你白头

2018 年 1 月 31 日

见字如面

这年月，因为一切都真假莫辨
爱，就更值得吝惜
如家乡的池塘他乡的星
如我望断鸿雁后
她的片纸只字

如南方的暖冬
翘盼一场北方的飞雪
哪怕让朔风捎来几絮
也足以焐热我心
纵然融化了，却都是喜泣的泪

你总说见字如面
我却想望娟然风月
淅沥的雨霰，打落早开的樱花
满地红英中，该去找谁
探问她的消息

2018 年 1 月 25 日

被你藏起的是闪电

你游走云天外
在我阴郁的心空
也不逗留，怎会知道
我其实一路都在追寻
你绰约的姿影

以为你早已被我
紧紧攥在了手心
打开时才发现空空如也
只留下无助的掌纹
没了把握，更无法破解

本想在北斗的位置
神灵般虔诚供着你
反惹来满天滚滚的乌云
崩塌成一场冷雨
在隆冬泛滥成灾

被你藏起的是闪电
却鞭子一样
狠狠笞击我的心
我累累瘀血的伤痕
这一生不会消退

2018 年 1 月 16 日

等 待

连叶子都不愿停留枝头
还有什么力量去遏制离叛
水已经愈加坚硬
怎能奢求风的温柔

而我，偏是一口沸腾的泉
心中不绝如缕的思念
热雾一样氤氲而起
却又在倏忽间走失
去茫然寻觅她的踪迹

四季中的每一天
我都在心里，一遍遍
默念一个人的名字
如虫鸣叫醒夤夜
似露珠点亮清晨
却一次次止步在了零度
把情思深藏心底
将打开的花蕊
收拢进蓓蕾

是的，在凛冽的风中
俏立琼枝的三两朵花

足有一百个理由
坚守冷艳、孤傲和矜持
只是对于春天
我除了企求
就剩下了等待

2017 年 12 月 19 日

苦恋莫名

苦恋莫名
如一朵木芙蓉花
没来由地相思
只有空对秋色
向轻扬的尘埃诉说
只有斟满一盅月光的酒
把粉白的脸庞
啜饮成酡红

苦恋莫名
如一朵木芙蓉花
没来由地相思
纵然栉风沐雨痛断衷肠
摇曳在风中的心
伊人还是不懂
终于被冬雨打落
沤作了泥肥

苦恋莫名
如一朵木芙蓉花
没来由地相思
伤透了月色下的忘归人
醉卧一枕清霜

待明年醒来
斜举一条青枝
扶起又一个秋

2017年12月14日

竹

竹，以笋的方式
从山土里蹿起
是属于春的故事
当她们占领了天穹
四季却在曼妙的婆娑中
一片模糊

竹，高高擎起的
是一朵朵绿云
却总把苍白的天空
涂抹成辽阔的阴郁
遥在远方的你
是不是都能看到

假如你真没看到
就请走进一片林子
在叶海翻腾的碧波下
轻叩一棵竹
她们空虚而有节的心
你总应该读懂

现在，一株株翠竹
正蘸着湛蓝的风

舞动一片晴空
似乎又在抒写着什么
而我还只是
孕在地里的一棵笋
等着你携来春雨

2017 年 12 月 5 日

众鸟的歌吟落满山谷

一场雨濯洗之后
初冬的天空
是一面洁净的大镜子
假如你心中有我
一定要翩然飘临
它能照见你的倩影

我知道，对于你
冬天兴许只是一个借口
你依然深藏娇容
难道就为了
叫我苦苦思恋
而我，偏是一丝丝
穿梭山间的冷风
在声声凄厉中
带去满眼肃杀
万木霜天，百花凋零

在林中，我痴痴地
把临风的紫薇认作你
花蜜就露珠般
将熟透的太阳
裹进一颗颗晶莹

而我隐秘的心
只有树丛中的众鸟知道
它们红叶一样的歌吟
落满了山谷

2017年11月23日

彼岸花

你离去，一如来时
赤条条了无牵挂
却又为了谁
用一瓣瓣绯红
挥别此生，装点来世

你离去，隐没在
深邃星空的背后
面对滚滚逝川
我纵然撵上奔跑的浪
也终究搭不上
时光的船

你离去，这个世界
洗尽了铅华
还原最初的模样
宛如这一株曼珠沙华
褪尽绿叶裙裳
噀洒一腔殷红的血
染透了风尘

你离去，搁下一个秋
留给清冷的人世

而我却要乘着宇宙风
飞出天涯，只为了
你人在彼岸

2017 年 10 月 18 日

在长兴岛

一路奔跑到这里
我洪大的爱
被长兴岛分成了两份
一份留给祖国
一份用来想你

留给祖国的一份
找不到合适认领的人
那么，我就把全部的爱
都给你

现在，你是浩渺的东海
我是赤子般的扬子江
整个儿身心
投入你的怀抱

源源而来，滚滚而去
我深深的爱，永不枯竭

2017 年 9 月 28 日于上海浦东

数字七夕

今夜，五千亿颗星星
只架一座桥，一万片翔集的红霞
只点一堆篝火

今夜，春心比落日炽烈
三百六十五个昼夜的相思
横亘天上，是十万光年的路程

今夜，一条银河、八千个星斗
退隐到天幕的后面
为他们腾出幽会的处所

今夜，地球上一个国度
十四亿个有心人，全都在凝听
他们喁喁的情话

今夜，大地上九万亿棵草
在初秋凄清的风中，为爱倾伏
无不噙着天上洒落的泪滴

2017 年 8 月 28 日（七夕）

山城秋夜

你久久等候的只是一片落叶
我痴痴守望的，却是一场
淅沥的秋雨

深夜，几个杯子频频敲击
其中的一个，如碰碎的月盘
撒落在滴着溜水的檐下

一抹又一抹血一样的红液
从更多的杯盏中溅出
如一片又一片飘零的枫

在这座山城
你可以忘掉四季
可我怎能忘得掉你

2017 年 8 月 10 日于邵武

烛

玫瑰花瓣一样的烛火，忽而摇曳
忽而跳闪，这般娇弱的她
不会无端制造灾难
也无力逼退黑暗

她只是我擦燃的一点爝火
是我掏出的一颗心，像烽燧
召来远方的鼓点，叫你快快赶到
伺守我无边的寂寞

现在，洁白的一条芯
化成了灰，红蜡也烧成了灺
我恍惚看到，你已然悄声走近
就在我飘动薄帘的窗门外

2017年8月2日

相思花开

南方嘉木，在暗绿里
害上了相思，憔悴的细叶
小刀一样，把无穷尽的苦恋
一刃刃扎在了心坎

于今，再不能忍了
痛里剖开一腔金黄
粉儿弥漫，撒落一树树花冠
凄美的爱情，灿烂绵延

那都是一个人
积蕴了无数相思的四季心
碎在阴晴里，铺陈在绿树上
溯着这一条江，一路向北
向着痴心翘盼的地方

其实，伊人也在南方
嘉木已经拥紧她家的墙
当她慵倦中推开门扉
有没有一树粉黄
清风里欲语还休
扶疏中，捎来
南方之南的
一簇簇馨香

2017 年 5 月 15 日

你是一缕风

这个初春，你是一缕风
来到我身边，就在水仙球里
抽出一条条绿茎
打开银萼金花，让春光
散发一团团馨馥
可你为何不在叶梢停留
倏忽间就没了踪影
让青枝垂弯了腰

这个初春，你是一缕风
却怎么还和往昔一样
都说些天外的话语
窗外，江水与云幔
已经相映成一色，双双心事
如星星，如水中的鱼儿
因为掩藏得太深
谁都无法窥见

这个初春，你是一缕风
掠过江面，留下一层层波痕
拂过我，一颗心
如大江尽头的潮汐
在满世界翻腾起伏

2017年2月6日（丁酉年正月初十）

相默不语

两条西来的江
一路偕行　却相默不语
终于在海口交融的
是两颗水做的心

两岸耸峙的峰峦
都裹着滚烫的熔岩
却也相默不语　簌簌林涛
流泻在叆叇的心野

相默不语的　还有秋树
枝丫上　两枚颤动的叶
依依沐浴着季节风
而今稔熟成赭色的心形

相默不语的　更有天边
飘来的两片带雨的云
偶尔潲向窗牖的几滴
是谁拧出的心汁

我和时光之间
也都相默不语
我是凝伫落地玻璃前

翘首的痴者　她是挂在户外
一条透明的丝巾
日日夜夜
揩拭我的窗门
叫我孤心无依时
寻找远方

2016 年 9 月 6 日

爱如此远去

爱如此远去
永远无法靠近
牛女挥洒的漫天清泪
风干成化石
深深嵌进了天顶

你依然衣袂飘飘
千万年不老
亿万年不衰
痴男怨女颙望的偶像
让人间的时光
一片惨白

而今　你就在
江的那一头
却遥在银河的
那一边　谁又能
为可怜的人
捎去一份
光年一样悠长的情

岁岁七夕　今又七夕
曾经来来往往的风儿

再一次茶了
悬垂在一树树枝梢
天上人间
欲哭无泪

2016 年 8 月 8 日

江海天外客

一层铅云　在窗沿
拉过厚厚的帷帘
屋里的人问
江心岛的东端
两个岔路走失的洪水
是不是已经
找见了对方

有你在身旁
白日的顶上灯
悬挂成雾中的月
氤氲柔和的光晕
有你在身旁
一盆幽兰　静物画般
守候　默默谛听
呢喃的两颗心
有你在身旁
清风停驻盆上虬榕
每一片叶　都镀上
心形的银箔
只有时间寡情
像窗外三江的水
因为无力拦截

兀自滔滔地流去
就这样　被一个人
挥霍殆尽

在咸淡交融的江岸
你是月亮的女儿
是一片潮汐
执意回归苍茫大海
谁都无法挽留
只是双双凝眸间
阴沉的夏日黄昏
有一片霞彩
搽抹上你的面颊
两朵酡红　飘落在了
一个人的心田

2016年6月2日

永远的天涯

荒芜的尘世，终于容纳不下
凄美的仙俗情
飞天路上，倒盖的穹隆
陡然豁开一条天堑
阻断漫漫追寻路
郎女嘤嘤的悲吟啊
一夜夜缭绕寰宇
飘飘洒洒，落满繁星泪

隔岸的相望，只为了鹊桥幽会
多少温存的泣诉
都湮没于淼淼的银汉
人间千年，天上一岁
你们依然年轻
却不能恩爱永世、厮守终生
千古的愁怨
随横贯长空的天河
在我高仰之际
瀑布般倾泻

度过这个良宵
又要茕茕孑立在光年之外
日复一日，年复一年
窈窕织女呀

你就是遥在人间的牛郎
永远的天涯

2015年8月20日（七夕）

第二辑

季节心跳

莲瓣抱紧一团火

本想把身段放低，再放低
在团团莲座之上
为你供奉一尊菩萨
不曾想，夜空降下了星雨
我却没能留住
属于自己的那一颗
——濂溪先生
为了你的一个爱字
我千年的修为，只结成
几粒苦莲子，而周遭的世界
清者自清，浊者益浊
何尝有毫厘改观
于今，当头的日晕
为粉白的花，描一抹
浅浅的胭脂红
如一檠檠风中的灯
无力逼退冥顽的黑暗
于是，我给每一个花骨朵
都镀上银箔似的月光
让它们像收起的片片心瓣
紧紧地，抱住一团火

2019 年 6 月 29 日

春风引

孤单的日子，与桃花
同饮春风，只会自惭形秽
桃花醉得朵朵酡红
我却如一泓水洼
蹙眉时，一脸皱纹

常常是，风过处
惊飞无数枯叶
鸦羽般一片片坠落
而桃花开始把持不住自己
却没有谁，为它焦急

满地落红，终于被淫雨践踏
悄悄结下的小果粒
也要从青涩，长成一颗颗
装满了思想的头颅
成为枝条上沉重的负累

只有我，替它心忧

2019 年 4 月 10 日

花，心一样打开

一颗颗蓓蕾，心瓣一样
徐徐打开，风为媒
成全了一双双雌雄花蕊
而爱情邃密的纹理
被箍进了新一匝年轮
花，终于开齐
萌动的事物，都裎裸在闪电下
继而碎烂成泥，谁能想到
新生的世界竟这么不堪一击
春光抹去一声声香喘
一片片写意的留白
张挂枝丫间，却没人读懂
花，噙着泪珠摇曳
热情已弱火般蔫了下去
飘飞的灰烬麇集乌云
阴空忍不住阵阵痉挛
于是，一众濒死的美艳
再次诱发一场豪雨
——花梢上，三五只蝴蝶
摇摇欲坠，湿透的土地
是废墟，也是芳冢

2019 年 3 月 19 日

一只燕子飞返旧巢

为今天，残冬已删掉
多余的部分，腾出足够大的地盘
在等待什么。满天翻滚的
都带着酵母，酿造一坛坛酒
揭去云的封坛泥，就芳香四溢
泛滥的雨水太廉价
淋漓的情愫过于奢侈
我怀揣一份爱，对天起誓
却在表情郁结的阴空上
找不到一条缝隙
雾霭压平四面青山
我的灵魂陡峭了起来
当花蕾最后一次抱紧自己
只有雨，还在开疆拓土
丝丝缕缕，像时间的长线
捯在了时光的钟轴上
等清风的纤手打开发条
如解开一颗紧缩的心
土壤下广大的春意
就须臾间冒出沉寂的地面
——你看，一只燕子划过江来
比一行冗长的诗句，更早地
飞返筑在农家的旧巢

2019年3月6日

斜举一枝梅

南方，不枯的草
只在霜风来访之前
吐露玲珑的心
含羞的样子，欲语还休
未几化为无形

深冬，除了蛰伏的虫豸
一切都袒露无遗
它们写在天地间的寓言
晴空般飘挂下来
谁又能读懂

我斜举一枝梅，走出院墙
去探寻春的消息
却忘了回到躯壳里
暖一暖冰冷的身子
叩问自己的内心

2019年1月29日（祭灶日）

季节的心跳

本以为到了这时候
万千事物都该有个了结
如秘而不宣的天空
卷起云幔时，总会有什么
昭示天下

可是没有。除了比蓝色
更深不可测的意味
一切都依然故我
——而她，却在远天之外
用万丈罡风竖起悬崖

真想俯下身来
在叶落处，静候春的跫音
却因隔着一层土
触摸不到拱动的冬笋
如两朵木耳，紧紧贴住树身
却没听出季节的心跳

2019年1月19日

江岸暮色

巡弋江上的一只鸥鸟
来一个优雅的俯冲
就轻悠悠叼起一条鱼
如我，弓身拾起一片红叶

若说秋日把该带的
都带走了，那就只有江水
逆着一阵阵风
扫集遗落的粼粼时光

我知道，身上披着的风衣
已兜不住落日的余晖
便从心中掏出火苗
点燃岸边一树树霞彩

这时，几条晚归的舢板
拴住了满江的暮色
却不知是谁，扔下一块石子
搅乱宁谧的天空

2018 年 11 月 15 日

无边蔚蓝

当谁以不可遏制的伟力
倾泻无边的蔚蓝
高天与大海的心绪
就一浪盖过一浪

万种风情，躁动在浩瀚中
一些不安分的，凭借风
凭借鸥鸟扇起的双翅
翻转了天地

在海边，无法平复的
更有我的一颗心
裸礁上绽开珠玉似的浪花
其中的一束，是我的爱人

白云苍狗间，不变的只有
奔涌而来的天风与海涛
我站成了一个岸
拥抱住无边的深情

2018 年 10 月 3 日

仲 秋

风在不知不觉间金黄
稻穗，饱满了起来
随日晷的斜影
朝田地弯下了腰

旷远的，愈加旷远
愿意过尽完满一生的
正忙于充盈自己
等着瓜熟蒂落

日头在稳健躔行
不论上天，还是入地
总会妥帖安顿好一切
让事物都恰如其分

月亮压弯树枝时
玉白的月光绸布一样
滤尽浮泛的尘埃
盛满的，是岁月的佳醪

这么澄净的日子
谁都想化作一滴白露
在又一天开启时
融进深不见底的——蓝

2018 年 9 月 20 日

初夏的城南

来自江上的一股热风
走进一条逼仄的老街
拐过几道弯后
终于夺路而去
迷失在了巷口

巷口对面，一幢幢
高耸的楼宇趴下身影
当它们渐次融进浓云
裂璺般的闪电，如一把刀
撕开了天空

天空下，初夏的城南
热浪翻滚。只有蓝花楹
垂下蓝色的忧郁
只有爬上墙头的马缨丹
如昨夜残留的星辰

2018年5月15日

苔

无论对谁，那都是一次冒犯
而你却温存地接纳了我
让我处子般拥抱土地
谛听她的心跳

是你，在老墙危檐下
给我童年的阴影
铺上了茸茸的绿茵
为乡愁，为我一颗漂泊的心
圈出最后一块地盘

现在，我已不再
用睥睨的眼光看待事物
而是放下身段，再放下身段
——当曾经轻狂的我
卑微如一只蚯蚓
就深深扎进了泥土
为大地呼吸

而你，成了我葳蕤的森林

2018 年 4 月 17 日

纸　鸢

去远天，走的是云砌的嶝道
因为你，我才一路追赶
当你扶摇直上
我抽尽百结的柔肠
只把心收紧

你当然可以
卸掉身上所有的牵挂
轻轻地驮负起青空
而紧紧扯住我的，其实是
这一颗沉重的地球

你是一只轻摇的纸鸢
我是一个旋尽了线的籰子
当你终于滑落天外
断了的是风，空了的
是我的掌心

2018 年 4 月 12 日于厦门

状元路上

风挟着风，走失
树追着树，跑远
泛黄的阳光流成一条长河
历史，在苍茫的下游

一朵云，是另一朵
云的阶梯，一座山
是另一座山的身影
翻过这个季节
就赶到了时间的前头
不曾想，一个斯文的朝代
早已崩塌在了涧底
残路光滑的五色石
透着冰凉的体温

但见一只无名鸟
幽灵一样飞过断崖
我赶忙揿下手机
摄入镜头的，却是花瓣般
飘零的啼鸣

2018 年 3 月 10 日

腊末残月

是被天狗一口一口啃食
还是你自己
把背影留给了夜空
弯弯的月牙儿
冰凌般悬挂天边
设若不破成碎屑
也将融进无边的黑暗

一切都在定数中
唯有你不知疲倦地往复
已经这般消瘦
却还要为了谁
走完剩下的行程
这个闰年最后一抹蛾眉
描在东方的天空
是明春第一片晨曦

在未来无尽的轮回中
你还会圆缺还有喜忧
还要听太阳的使唤
围着地球转
像弱光下一个卑微的人
把冷傲写在苍白的脸上

却不知身后
拖着孤单的影子

2018 年 2 月 12 日（丁酉年腊月廿七）

红月亮

年味仍显得寡淡
月亮却先红了
像一只风轮，皮影一样
缓缓移到中国的夜空
那上面，雕镂一个
大大的福字

而在我多山的家乡
红月亮铺过绵软的厚云
蓬蓬的棉花一般
暖和，在天地之间
飘成昨夜的雪
凝成今晨的霜

是的，这个年关
我的同胞们，用自己
胸腔里滚烫的血
温一壶月光的酒
醒醉时，在高高的云天
探出酡红的脸庞

2018 年 2 月 7 日（丁酉年腊月廿二）

梦幻筼筜湖

纤草竖起耳朵
露水凝成眼睛
今夜无眠，只有爱情
长出一双羽翼
掠过粼粼的水面
一个出浴的白鹭少女
在同心涟漪上
袅娜着圆舞

乐曲吹皱了平湖
水中央的花岗岩雕塑
饧软成彩色的饴糖
乐曲漫上水岸
繁盛的三角梅
攀缘幻影叠映的幕墙
当乐曲吹出清风
轻盈的明月
飘出谁家的窗门
悬挂到了中天

今夜，在天空一样
激扬的筼筜湖
有人与金秋依依吻别

有人，在一条条
水绘五线谱上
凌波微步
走向梦的深处

2017年11月1日于漳州

听　兰

当你的玉指轻拨丝弦
寥寥的几笔，就从灯影前
挥写而过，几条纤长的草叶
在高于尘埃的位置
斜逸出陶盆，摇曳着清风

当你的玉指轻拨丝弦
疏朗的叶丛中，就竖起一枝
节节拔高的花蕊，如一串风铃
挂到了清幽的林壑间
琤瑽着淡绿的梵音

当你的玉指轻拨丝弦
夜空晶莹的繁星
洒落成叶尖上的甘露
一滴滴，在一片宁谧中
洇透初秋的薄幕

当你的玉指轻拨丝弦
我把一盆素心兰奉上案台
一团清馨的月光
就笼罩了下来，连尘世
都被揽入了风景

2017 年 8 月 21 日

陶

——题谢楚余先生同名油画

世界暝暗　混沌　如太初
可你是一片月　从海中出浴
照亮了洪荒

面对你　礁岩绵软成肉身
潮汐亢奋之后　喃喃呼吸
初开的天地　柔若凝脂

你是尤物　是造物母
优雅转身间
海　就被你装到了陶罐中
如一个乳婴
被你抱在了怀里

你的胸　贴紧陶壁
与浪涛一起　同频颤动
心　似菡萏蓓蕾
揭去那一点晕红
花　就绽开了声响

2017年6月28日于东山岛

桐花开遍

当她们扯着小喇叭
齐声呼喊，银箔就落满绿坡
夏天打开了心瓣
一片敞亮

是的，不用你去点燃
她们自己就会发光
在春花凋零处
在繁华过尽后

雷电第一次爆裂时
新一匝年轮就箍上了身
她们长高长俏了
我的心，却紧而又紧

对于她们，我只能仰望
一股股山风
爬上高坡，站到了花枝上
轻声喟叹

2017 年 5 月 25 日

绿意沉浸

汩汩涧水
糅着山花的馨香
流成一缕缕风
飞泉一样　轻拂过来
绿　漫起　潽出
如醍醐　如一层层浪
从高坡之上
倾盖了下来

我已然没入海里
而绿　更深不见底
——现在　每一株树
都把春天举过头顶
一齐支起了穹苍
我走向更深处
沉浸在了
蓝天里

2017年5月2日

望　江

片月漾着漾着　融化了
星星蜂拥而下　随风飘散
雨扑向你　溪跑向你
所有的事物　都汇成洪流
你要去往何方

大江　千秋万古不老的故事
一腔血流　翻滚在浪涛下
此去白茫茫　我把心
托付给你　让大海
在蚌壳里珍藏

你天天都从我的窗外路过
与清风厮磨　与云天遥相守望
把心中滔滔的话语
写在一页页波痕上
却从不对我讲

其实　大江就是你
你天天都在我身旁
纵然一去不回头　奔流到海
无消息　你还是我的远方
我千万年的念想

2017 年 4 月 18 日

山中人披满绿叶

当一片鹅黄的潮涨起
春意就漫上了山梁
啁啾的　抖擞叶梢
潮湿的　拧出淋漓
披满绿叶的
只有一个山中人

只有一个山中人
披满了绿叶
雾海林间　隐隐的天籁
鸣鸟不能翻译
涧泉不能翻唱
山中人声声的心语
让轻轻叩响的一双脚
独自行吟　只有光滑的
一级级石磴
听懂

岭下豁然一片天
那不就是曾经的桃园
整整一个春天　桃花她
把该给的　都给了
把该说的　都说了

心中的情愫
火红绽开之后　就谢了
一应表露无遗

只有一个山中人
披满了绿叶
一片片叶上的雾滴
水灵灵　像无数双眼睛
守望春天

2017 年 3 月 29 日于厦门

桃的花事

秃尽枝丫，又在一夜间嫣然醒来
惠风欢喜，春天更亮了些
对于我，却是三百六十五个日夜
苦苦的守候与期盼

只是搽抹阳光笑迎鸟语时
桃，霞彩般粲然的花事
早已被困囿在季节的定数里
短暂的花期过后
人怜人爱的朵儿就要凋落
曾经的千树万树
终将留不住一片叶
这是桃的宿命，是否也是
蜂蝶一般赏花的人
冥冥的心绪

我深知，季候会接着嬗替
繁华与清冷，还要一次次轮回
雨中缤纷的落红
都将被碾作春泥沤成肥
却不知穿梭花径的红男绿女
哪个才是荷锄葬花的人
明年枝头摇曳的一朵

又是谁
遗落的魂

2017 年 2 月 28 日

走向绿岛

走向绿岛
一路收割金色阳光
把它堆垒起来
就是一朵朵清香的花草

大海　因为台风的造访
已经翻新了季节
她深藏的心事
只对蓝天说

我是海边的人
你是天外的客
此时　你若在意人间
看到的　是水的深
还是地的阔

2016年11月1日于厦门

太姥蓝

我说今天
天空蓝得透底
是我的一片心情
高高飘挂在
太姥山的危岩上

你说今天
天空是一帘蓝色的瀑布
从穹顶倾泻下来
一伸手　就触摸到
水幕的清凉

其实今天
我和你都是
这座海上仙都的
一袭蓝
攀上覆鼎峰
便融进了天空
飘落到山谷
就静卧成一汪
澄净的湖　依偎在
平兴寺的身旁

今天的太姥山间
深深的蓝　蓝得透底
蓝到了无边
只有平兴寺前
一抹嫣红的彼岸花
遥望蓝色的大海

2016年9月28日

晚　秋

晚秋，蓝天是海
熠熠的枝叶闪烁成浪花
汇聚一层层阳光的潮
朝我滚滚涌来

无边秋色里，我的一颗心
沉浸在赤枫乌桕下
只想做梦，不愿醒来
那就在梦中
用秋风舞起红叶
将黄花燃遍高坡
让草尖上的点点露珠
擦亮夜空繁星

此时，谁递来一盏清酒
被我酹成
满地的月光

2015 年 10 月 14 日于上杭古田

水　竹

一小盆浅水
微漾在你的国度
阳光透进窗门
为你张挂天空

最寒冷的时日
你其实未曾冬眠
没有一双脚蹼
却凌波走过了
整整一个季节

在这个命运的驿站
你依然笔直站立
几滴清水　洇上一束
紧抱的白色纤维
挤开每一节裸茎
探出一芽芽绿

绽放的生命
在噀洒的水雾中
拱起一弯小彩虹
我看见你
正举着一枝春天

使劲拔节
慢于时间
高过了风景

2015 年 5 月 11 日

啸

断崖边　你的一声长啸
是一阵春风　簌簌吹落满山枯叶
心儿　如荒茅丛中扑起的
一只杜鹃　顺着涧流的方向
凌空掠下高坡

循着密林中的古驿道
你从风流的魏晋　一路跋涉过来
一声又一声　是阮籍的啸吟
叮当碰落片片阳光
一声又一声　喊红野花
激扬飞瀑　响遏天上行云

高山流水下　又一个引吭的
长啸后　我恍惚看见
你腰系刘伶酒葫芦
仗长剑　踩落叶　衣袂携着清风
一袭飘逸越过崎岖　绝尘而去
步向了苍茫　山外的世界
在你啸声的末端　疾速远离

2015年3月30日

瑜伽女

闭目，跏趺
大千世界一齐屏息
都在凝听你的心跳
遍地开满了莲花
莲座上的你
就是一尊菩萨

俗世被涤尽了尘埃
你面壁，面对的是万里晴空
阳光瀑布般倾泻
你的灵肉一片晶莹
让方寸之地辽阔如旷野
却了无阴影

柔韧的身躯
缓缓流动着水
纤长的四肢徐徐舒展
如一条条藤蔓
在嫩黄虬曲的触须上
攀缘生命的绿

2014 年 10 月 22 日

鼓岭中秋月

今夜，月亮从树梢冉冉升起
月盘是金黄的
洒下的晖却是洁白的
她让满世界透明如薄雾
其中最深情的几缕
汇聚成清流，顺着涧石
泻向一座都市
挥洒纵横的街衢
飘挂每一个窗台
给喁喁望月的城里人
带去秋的凉意

今夜，我什么地方都不去
就坐在鼓岭的池塘边
听一两只蛙鸣
闻三四声知了
读月儿在我耳边喃喃私语
今夜，我就这样
在高出凡尘的地方
仰望明月，目送她
缓缓掠过林海
静静走进秋天
在天上人间
画一个满满的
圆

2014 年 9 月 17 日

第三辑

遇见斜阳

晴如青瓷

当你厌倦了滥情的一切
一场淫雨也终于走到了尽头
如雨霁时，一片晴空
退到山峦的背后

现在，天下暂且太平
安详得令人生疑，而惹事的
只有一阵阵不安分的风
掠过处，草木认命般顺从

既然世界已经袒露无遗
你还有什么不能释怀
假如我是君王，也会白云般
轻轻地放下江山

只是无常的六月
没有谁可以坐享其成
当平地响雷，高高在上的天
会不会青瓷一样破碎

2019 年 6 月 15 日，久雨初晴

南风天

一场桐花，是谁的满头白发
在懵懂间挥霍了什么
晚来的茉莉，犹如细碎的银子
远不够赎回逝去的春
南风来了，汛期到了
地表下多情的一切
都在一个昼夜，湿漉漉返潮
当山洪漫过河堤
不小心打滑的，是马齿桥上
痴痴回首季节的人
泛滥的事物，不可收拾
就如柔弱的柳条揩拭她的泪眼
只会让心湖紊乱了涟漪
这时，怀春的人
都是仲夏天泛绿的苔藓
譬如你，不想长大
譬如我，不愿变老

2019 年 6 月 8 日

身　影

春阳偶尔露个脸
就在旷野上，用重生的一切
张罗着一场盛大的筵席
只有我，是不速之客
为被晾在一边的茕茕身影
自惭形秽，假如那是
我出窍的灵魂，只好自认晦气
当重重云雾再次藏起日头
也会帮着收起这羞于见人的
全部隐衷。而又是什么
揉皱了一池春水
叫我业已扭曲的身躯
不再素面朝天
只祈求青蘋之末
不要无端卷起一阵风
好让从我身上剥落下来的
一副暗影，回到旧皮囊
住进自己的内心

2019 年 4 月 18 日午（时台湾花莲地震）

老去的过程

用尽四季看云
仍旧参不透你的心
——从云到雨，从雨到雪
那是一滴滴水，慢慢老去的过程
如被你濡染的青丝
耗成了我满头的白发
如今年最后一场雪
不落于野，却纷纷扬扬
落在了我的心田
一片片，都异样炙痛

2018年12月8日

走出陆家嘴

东来的风，北去的水
在陆家嘴无休止交缠
转动了一座城市，旋出了
立体的阴阳太极图
摩天楼群当仁不让
乔木林一样，占领了穹苍
阳光在楼顶之间踩空
在逼仄的街道上
摔破成一片片黄金
车水马龙，如壅塞的云朵
揩拭不净灰白的天空
却让滚滚的黄浦江更加浑黄
此时，有一位丽人
伫立在焦灼的红绿灯下
不是等候我，是等待
属于她自己未知的宿命
我横过一条又一条斑马线
像跨过一排又一排
白色栅栏，好不容易走出了
这个魔幻般的大都市
不再高高地仰视
而是在蓦然回首间
眺望高挑的上海中心大厦

它勉力撑起了一片天
却已经独木难支
扭曲的长脸庞下
是被压弯了的细腰身

2018 年 9 月 6 日于厦门

盂兰盆节

过盂兰盆节，真正在乎的
其实是生者自己
而不是那些作古的人

他们只带走冰凉的骨肉身
腐蚀的部分培进泥土
长出了又一茬新苗

只有灵魂不甘寂寞
从容游走在阴司阳世
瞒过了太多醉生梦死的人

在这个节日，最该祓除的
并非黄泉下的鬼
而是我们心中的魔

现在，鬼们都约齐了来访
人世间的许多事
尽可向他们问个明白

2018 年 8 月 20 日

那时……

那时，田野上娇丽的紫云英
甘愿在泥垡头下充肥料
却不会抱怨什么
那时，苦蓼是最好的猪草
在饥馑的年月，还成了
我邻里乡亲的救命粮
那时，山上的灌木厝后的芒萁
都进了家家空枵的灶膛
植被不看好，村前的清溪
却始终满满地流，水中斗牛
溅起雪白雪白的大米粒
那时，姐姐认得幼麦和韭菜
弟弟从长高的稻蔸中
拔除混进队伍里的青稗草
那时，人尿比氨水金贵
拾牛粪是暑期附加的作业
到开学交给农基课老师
那时，粮是纲，食为天
就是青黄不接家计无着
也能拥有分明的四季
那时，田畴方埂般规整
人心也一样，都还没荒芜

2018年8月10日

读西西弗斯

当他铆足了劲儿
推动一块千钧巨石
神坛顿时岌岌可危
平野倾斜，陡成了峭壁

在他的两只手上
整个世界命悬一线
巨石再三滚下高坡
头顶的天空，訇然炸裂

现在，人间与神界
都已经没有足够的力量
遏止脚下的大地
一次次沉沦

既然众神都是看客
那我就去替下西西弗斯
打一双赤足，轻轻地
举起自己——上山

2018 年 8 月 6 日

流浪汪洋

奔忙，奔忙
连群山都感到疲惫
歪歪斜斜倚靠在了天边
我，也累了
望断暮色中的浮云
饮尽滚滚而来的流水
醉倒成一条江

在人人奔竞的世界
我就是这一条
一路踉跄走去的江
今夜，终于被大海吞噬
只有灵魂逃了出来
是一片破碎的月光
踩着闪烁不定的波涛
流浪汪洋

2018年8月4日

晚　钓

一个晚钓的人，终于扬起
一根弯沉沉的钓竿
像一截时间的曲线

那条鱼被塞进了篓里
天上的银钩，还在垂挂着
却已经空空如也

而我，偏要从下游
拖来一张巨罟
想网尽天地间的所有
最终从网眼中漏走的
不是夜色，是满天的星辰
江海奔腾的流水

2018 年 7 月 19 日

不论谁在天上

当一只独步长空的苍鹰
终于把家安在了大山里
我就知道——天
是靠不住的

兴许你应玉皇大帝的召
去高高的天庭走一遭
但在紫云铺成的丹墀上
就不怕一脚蹈空？

其实，不论谁在天上
都只是匆匆过客
如钻石般晶亮的长庚星
如虎皮般斑斓的朝霞

即使循环往复的日头
也学过一天算一天
每一次落入空空的禺谷
都听不到一声回响

2018 年 7 月 15 日

致父亲

每一度春耘秋收
父亲，你留够来年的种子后
都粜去了金黄的稻谷
籴回家的，却是
一个个紧巴巴的日子
如米糠一般难咽
像番薯钱一样难啃
是呀，父亲
一个土里刨食的人
除了背负沉重的青天
双手死死薅住田园
还能指望什么
就是那一天你猝然远行
连我都不吱一声
只有劬劳莳弄几十年的
一块硗确的矮坡地
给你开了一扇门

2018 年 6 月 16 日

伤逝

这个季节，人们只在乎
新生的花草，而不会留意
一枚枯死的叶
怎样离开了枝杪

柔弱的春，快要走到尽头
显然无力挽留你
当你轻悄悄落地
天，已经昏暗

只有一缕风为你送行
只有一片又一片
惨白的月光，覆盖下来
将你深深掩埋

2018年4月22日

你从众神中走来

今天，我用新萌的草木
筑成醮坛，看着你
从众神中笑吟吟走来
在忽闪的香火前
在缥缈的烟缕上

却为何趁我跪磕时
再一次悄然转身
一步跨到了春光的尽头
留下的叮咛
风在替你说

错过一场雨
只好把酒酹在你的身后
春，也随你远去
一朵朵馨香的阳光
撒成了一瓣瓣
哀愁的风铃花

2018 年 3 月 31 日

时间十字路

一天的风景
被罩上厚云的帐篷
夜色浓郁而沉重
堆垒成几座高高的山峦

一年的往事
像群山间的涓涓细流
汇成一条滔滔的江
正路过我身旁

到了这个节点
万事万物雾霭般麇集
堵塞在时间的十字路
都急不可耐地
找寻各自的出口和归宿
如风翻越山梁
如车笛凿穿隧洞
如路灯光晕里的毛毛雨
飘落我心

是的，默然的星辰
早早告别了今宵
而朝旭，却等候在了

山的那一边
夜的那一头

2017 年 12 月 28 日夜于连江贵安

冬节

曾经葳蕤的草木
人的须发一样，说白就白
一年，像人的一生
说老就老了

今夜，我用天边一爿残月
糅和皓白的霜雪
搋成了粉团
搓成了丸

红橘前，蜡炬下
摆满大竹笼的一粒粒
玲珑剔透的白
如生命的卵
似来年的种子

2017 年 12 月 21 日

重阳登高

你把彩霞剪成枫叶
挥洒在造化的天地间
我等候晚晴时分
一袭鱼肚白的胞衣
妊娠一朝生命

你与彤红的残阳
觥筹交错后酣然入睡
我将夤夜的繁星
当作一只只眼瞳
眺望深不可测的天外

你敞开激奋的心怀
搂抱磅礴分娩的旭日
我携来林梢的风
将它放逐山谷
看红尘烟消云散

你迎着阳光走去
我拖着身影离开
在告别秋天时
我们才幡然醒悟
世间的事物就像重阳

都要推倒重来

只是你近在咫尺
她却遥在
另外一重宇宙
那就把无际涯的时空
折叠成斑斓的纸页
让平行世界的两颗心
紧紧相贴

2017年10月28日（重阳节）

双海拔

云飘向山，漫成了雾
人走上山，修成了仙
山外茫茫的大海
横过一把水平尺
丈量山高，衡测水长

熬过亿兆岁月
大山，才从海的深处
高高拔起
还要等上几个春秋
才能挨近你

从海上站起，靠的是
体内岩石做的骨骼
而要走到你身旁
可以凭借山下
水做的江海吗

2017 年 10 月 5 日

堵

节气，隔开了夏与秋
可大地并未退烧
我听到的还是
无数楼宇拥挤的声响
向晚，浓雾重压了下来
大都市在模糊中扁平
却更加混沌

雨，斜打玻璃车窗
像搔在夜的皮肤
其中总有几滴，跳闪着
呼应万家灯火
而初上的七彩霓虹墙
分明就在我的前方
却遥不可及

我们不是都想更快些吗
那么，除了飞起来
就只有堵了
而比路堵得更慌的
是我的心

2017 年 9 月 24 日晚于上海浦东

蚂蚁王国

在我眼皮子底下
蚂蚁倾巢出动，旁若无人
就像庞然如我等
总是对它们熟视无睹
三三两两，抑或结队成群
它们无不为了生计
负重奔波在漫漫长路
劳作时齐声的呼喊
落单时觖望的叹息
我们又何曾听见
就如我雷霆般的吆喝
只会惊吓了自己
却没能让忙碌的它们觳觫
蚂蚁有蚂蚁的社会
正如人类有人类的世界
它们可以安之若命
在人类的地盘讨生活
而我们中又有谁
深入蚁穴，去探访
蚁后专权的王国

2017 年 9 月 21 日

遇见斜阳

我是在山的制高点
遇见的斜阳

现在，它正缓缓地
顺着山脊往下走
像我一样，拾着石级
小心步向山麓
当它终于闷声坠落幽谷
返照的桑榆之光
搽抹成了西天
一片血色的云霞

风，更凉了些
树冠齐声簌簌时
树干里的一匝匝年轮
勒紧我的心
我的痛，更痛了些

在深秋，我挽留不住
枝杪的一枚枯叶
又哪来的力量，去拯救
陡坡上的一轮落日

2017年9月4日

叹 海

偌大的海，被撂在了
天地间，亿万年来
反反复复做着一件事
追寻或者退却，退却或者追寻

亏盈有恒的月亮
高悬着孤傲，却极尽魅惑
给她的爱，大海亘古不渝
苦苦地追随，而今已经疲惫

大海容纳了天地所有
用阔大的胸怀，拥抱天空
可惜一排排浪，一次次奔向陆地
却怎么也爬不上岸来

在沙滩，我真的想
用自己的双手，把大海拽上来
而从我指缝漏下的
是一抔无可奈何的光景

我有限的想象力，已经耗尽在了
大海深处——远方一派苍茫
那一条海平线，是我们这个宇宙
一截弯曲的时间

2017 年 6 月 27 日于东山岛

清　明

那些离开我们，重生地下的
祖宗们，只有在这一天
才从树梢的新叶，从一丛丛嫩草中
探出脸来，用纤柔的春风
摩挲子孙们的发肤

在世时，对我们百般呵护
在地下待久后，约好了见我们
怎好带来愁煞人的阴间风雨
——今天的天异样清明
重见天日的祖宗们
再一次用温暖抚慰子孙
用笑脸瞩望人间繁花

祖宗们聚居的村落
是在一个平行宇宙里
那儿应有尽有，只是不事炊爨
也不设银行，跪拜之时
我们奉上丰盛的酒馔
再捎上一沓沓大面值冥币
让他们在另一个世界过得好
也让我们这些子孙
妥帖地安顿
牵挂的心

2017年4月6日

一角月饼

娘分月饼，只给一小角
我含着涌起的口水
却怎么都舍不得吃
努在嘴里的只有委屈

奶奶过来，拥我入怀
轻抚我的背，悄声说
我儿乖，待会儿到天井等月亮
等到月亮高照时
天上会落下整块的饼
还撒下很多的番钱

我和奶奶搬着矮凳到天井
等呀等，等呀等
就这样走进了梦乡
待一激灵醒转，月儿早已
爬上东墙，站在了中天
天井里哪有什么月饼和番钱
是蓄得满满的
一池月光

2016 年 9 月 14 日

西去的航班

在北纬四十度
这个东亚大国的京郊
一架飞机选择在子夜
起飞　目标正西方

天上的步履　走起来
比地面还要踏实
贴着苍穹的机身
描画一条弧形航线
恰好与北半球的轮廓
平行　当飞机驾凌
乌拉尔上空
陆地上的高山大川
成了泾渭分明的
阴阳脸　那一对机翼
像巨人肩膀上的
一根大扁担
一头挂着白昼
一头拽着黑夜

飞机继续逆着
地球自转的方向
西去　携着曦光同行

只是这趟来得正是时候
子午线上的蓝天
驮负一轮新阳
与黎明一起
向大地俯冲
轰隆隆
　稳
　　步
　　　降
　　　　落

2016 年 7 月 17 日

我与奶奶的夏天

我与奶奶的夏天
冲大半碗沸水
总会打开一两粒带梗的茶米
于是微荡的水中
悬挂着一份好心情

我与奶奶的夏天
奶奶的小脚，怎能撑起
一棵大树？她一手牵着我
一手轻轻摇动蒲扇
为我罩下一团浓阴

入夜，奶奶就携我
歇凉村道边的溪畔
她在石板凳上打盹
我一双赤脚探入水中
谛听星星们喃喃的絮语

柳条低垂，像一群唼喋的
鱼儿，吻着水的肌肤
而快活的痒
却搔挠在我的周身
水花随脚丫飞溅

不防备的月儿花容失色
一阵慌乱过后
枕着晃闪的波光
入眠

2016 年 8 月 4 日

问　月

她为什么总是用明亮的一面
面对我们，千万年来
谁不说她的美丽

她借用了谁的光
为谁圆，又为谁缺
为什么亦步亦趋，围着我们转

她深藏了什么难以启齿的隐衷
孑然一身，像飘忽的幽灵
难道仅仅因为怕羞
在星空中朦胧，在云雾后躲闪

我们为什么不能
把这薄如瓷的月盘，翻转过来
或攀上天梯，走到她的背面
看看那里到底藏着什么
天大的秘密

2015 年 7 月 24 日

山中邂逅一只老鹰

深涧下　一只老鹰
撩起一挂瀑布
驾着风驭着雾
在树杪也不停歇
一跃扶摇
轻飏直上

它刚用一双斜插的
巨翅　扶稳一座
倾圮的山峦　旋又横过
厚实的肩背　驮负
坍塌沉落的穹苍
等它再一次飞升
就擎起了　天地间
新的海拔

此时　白茫茫的云空
是一片广袤的雪坡
遥遥在上的老鹰
像一个极地翁
披一袭厚羽大氅
乘雪橇　长悠悠
滑向天涯

而在山麓之下　几个人
正抄一条荒路
想要推着一块大石磙
上岭　看他们
吃力无比　与高峰一起
行将崩塌的样子
我只有干着急
一点儿
都帮不上忙

2015 年 4 月 18 日

第四辑

此岸彼岸

风动石

瞅准了，就蜕去火焰的羽翼
瞅准了，就一头扎进
她的怀抱，死死地去爱
任凭狂风撼动，心也不移

是赤子，都脱胎于鸿蒙
从天外飞来，与洪荒的大地
旋舞成一团太极
交合阴阳双鱼

像头颅，更像硕大的镇石
安顿陆岛，平抚汪洋
让混沌的天穹，澄清了星辰
星星般熠熠闪烁

世界早已岌岌可危
朝深渊的一面，严峻倾斜
是不是因为双心扣紧了榫卯
到如今还安然无恙

现在，你架起一杆天平秤
一边托着风，另一边托着的
也是风，而衡测出的
却是寰宇的重量

2019 年 6 月 11 日

海天之爱

相思子开了，相思子谢了
开了又谢的相思子
在风中凌乱，却再也
拼不成一个春天

唯有大海，不分季节
只关乎爱情，对于高高的
天空，波浪的热吻
盖一枚皓月的唇印

越蓝得吓人，越是把心
深深藏起，漾开来的颦眉
留下一道道沙痕
没人解其中的意味

而大海，与天空
贴得越来越紧，只有一双
海鸥，如一对飞帆
俯听潮汐的喘息

2019年5月16日于厦门

书　虫

浑不知怎么就沉溺书海
双指翻动一页页纸
恍如轻抚一片片月光
那质感，清凉中带着些暖意
缄默的文字，浪花一样
从书页上跳跃起来
随舞蹈的律吕，为我纷扬
当它们珠玑般落回书本
平行的宇宙，薄如纸片
被一张张折叠后，装订成册
而星汉下数不尽的精灵
都各自找见了另一半
它们身贴着身，心融进心
世界浑然，如造物之初
——我，只是一条蠹虫
耗尽悠悠千万年
硬是用利齿，在书山的底部
凿出一条暝暗的长隧
当我重见天日，却止步在了
室女座超巨椭圆星系
M87 黑洞的外头

2019 年 4 月 23 日（世界读书日）

乌有的帆影

这么轻松就上了最高楼
真叫我心虚，好在本当隐匿的
被遮蔽到了浓云的背后
偶尔泄漏下来的
是雨，淌在玻璃幕墙外
装点潮湿起来的风景
胸中的块垒，在不断码高
终于高过了摩天大厦
而歌台上，管乐手甩起的长发
却使我的心旌剧烈摇荡
重重铅云沉入大江
壅塞宽阔的水道
其中一块，斜落我的杯中
搅和咖啡伴侣，旋成了涡
于是，云中厅随之转动
面朝江的上游
遥望乌有的帆影

2019 年 3 月 30 日

蓝色与蓝色之间

每当这时，总以为
神在藏着掖着什么，等到云开日出
被淫雨冲刷过无数遍的
晴空，是否就是他的谕示

其实，一切的事理
都在天地开阖时，闪现雷电中
像一个浑圆的恐龙蛋
被劈开一条璺形的裂缝

在海边，神的意味深不见底
如蓝色与蓝色之间
找不到分际线，如大海的那一边
叫彼岸，而天空的外头
又是什么

2019 年 3 月 13 日于厦门

上元前夜

过了年，谁都想盼来皓月
让三百六十五个夜晚
都是良宵，挂满了花灯
而我，不忍看早樱
抖落一树树红英
她们辞别枝头时的痛
只有我，才会心疼
是的，最真最深的爱
足以让天地晦暗
一如今夜，我好不容易
从海的那一边邀来月儿
终于还是将她藏进了云里
只为不让天下的人
窥伺她皎洁的容颜
初月的光，像一匹匹瀑布
飘落到乳色的大雾上
在闽江里，与猛涨的潮汐
紧紧搂抱在了一起
咸涩的水，寡淡的风
忘情交融，让上元前夜
回返原初的混沌

2019 年 2 月 18 日（己亥年正月十四）

天河对岸的灯盏

入夜，天光熄灭
生灵的火花开始绽放
既然一只幽蓝的萤虫
可以穿过黑暗，走进草木心
谁都无法阻止
一颗孤星的飞翔

而我的心，不知何时
从胸中逃脱，成了天河对岸
一挂摇曳明灭的灯盏
我已来不及赶在天亮之前
泅过滔滔的河水
将它摘下，收回怀中

2019 年 1 月 22 日

站在月亮的身后

面对我，你从未背过身去
假如那是你执意的伺守
我千万年苦苦的跋涉
就不是单恋的旅程
爱，被你藏到了背后
假如妩媚的一面
是你深情款款的凝视
我甘愿仰望到死
现在，你薄纱似的辉光
是我的一袭长披风
假如我就此扶摇直上
轻悄悄站在你的身后
你会不会嗅到一缕
来自地母的花草香
嫣然转过脸来
与我相拥，喜极而泣
拉过我的一双手
一起托举九重星空

2019 年 1 月 5 日

恐龙化石

面对你，我才始信
自己的前生，依稀的躯壳
是我亿万年面壁
投下的一个身影

巨石开裂，岩浆再次喷涌
你的血肉开始丰盈
弓弦般的身姿
要赶上远去的时间
却已跑不出历史

那么，就从石头里脱身
让一副枯槁的骨架
长成一株绿色的桫椤
让一个个实心蛋
孵出一窝幼崽来

——而我
会还给你一片莽原

2018 年 12 月 1 日

除了灵魂

除了灵魂，没有人在意
那些天上的事情
就像现在，我环顾九霄
却怎么也找不到
一个可以搭讪的故人

在翻滚的云海上
蹑足蹬一根漂流木
飘摇之间，平衡了天和地
我像一个莱托里人
把云端上的脚印
不留给气流，留给了
百万年的过往

终于与暮霭一起
降落在最具重量的地方
车轮轧过古都街衢
擦燃了万家烟火
而我心中，点亮一盏莲灯
她紧贴清湖的团圞阔叶
镀着银色的月光

2018 年 7 月 4 日于北京

一颗苹果的旅程

意大利比萨斜塔上
从伽利略的手里
滑落一粒铁球
在空中走过整整百年
变作了一颗苹果，砸向
英国林肯郡一个农家院子
惊醒冥思中的牛顿
——再过悠悠三个百年
这颗苹果，长出了一只
叫作爱因斯坦的虫
从果壳的这一头
啮出一个幽深的洞
直直通向另一端
用一条光的长线
串起了一重重宇宙
——还要等上几个百年
这颗生鲜如故的苹果
又将跳回夏娃的手上
再一次挂到
伊甸园的树上

2018 年 5 月 4 日于邵武

霍金路经中国

你把细长细长的时间
捯在了两个椅轮上
只轻轻一推
就在这颗蓝色的星球
碾出深深的辙痕

来到中国，你则把时间
搓成一条绷直的缆绳
架上了崇山峻岭
却在长城的位置
略微向下弯曲

现在已没人懂得
独处八达岭时
你究竟与谁冥冥对话
只知在天坛的圜丘上
找到了虫洞的入口

三月天，你把几重宇宙
折叠在了一起
地球这边莺飞草长
你安抵的那个世界
也正春暖花开

2018年3月20日

拐弯的台风

这时节，我其实很需要
一场强台风，它狂荡不羁
掠过处一片狼藉
却把天空搓洗得澄净安详

而泰利，分明奔我而来
竟在中途拐了个弯
一如她，总是那么犹豫对我
终究还是离开

被它裹挟而去的
除了我心中的一阵风暴
更有这一整个夏秋
热过暑气的思念与渴盼

台风远去，云更淡天更高
而我的心却更空了
在海边，我站成了一棵苦楝
怅望遥在彼岸的风雨

2017年9月15日

凤山寺候访僧友

磨盘停止转动时
时间，就停下了脚步
拨开萋萋荒草
我从横卧的古石柱上
拓下了薄而脆的历史

云，只是匆匆过客
在阒寂的山坳不肯逗留
曾经星星点点的晨露
此时也不见了踪迹
而藏在哪里的几个知了
唱着千年梵呗
唱得空山更空
只有一只蜻蜓不怕生
停栖我的手背，楚楚动人
却惹我心疼

当茅草缨子指向寺院
风，就穿过竹林
跨进了门槛，苦瓜棚上
几朵不起眼的小黄花
一下子生动了起来
而我，坐在结满石花的

方磉上，等候着那一众
走失千年的缁衣人

2017 年 7 月 2 日

海的那边

跟随身旁这一条江去海边
却总是望不到海的边
海的那边是什么
一丝丝咸湿的风
知道吗

月亮又从海的那边
飘了过来，正挂在我的窗沿
圆圆的脸庞像一面镜子
地图似的暗影，映现的
是彼岸吗

月亮离去时，桌台上
只剩下一杯凉水
水平静，与杯子一样空灵
如盯着我看的
一个外星人

潮退去时，我再次想到了海
一双毛糙的手捧起杯
杯里的水皱成波纹
其中的几滴，溅了出来
如细小的浪花

2017年5月10日

那年九月九

——纪念毛泽东逝世 40 周年

那天，高音喇叭里
一支扎着黑纱的曲子
像一条雷电的长鞭
撕裂铅灰色的天空
笞击苍茫大地

不是唐山余震
不是吉林飞降的天石
是红太阳訇然陨落
尧舜神州，在一个昼夜
陆沉

我糊满红标语的村庄
随之塌陷，溪流在呜咽
山峰一阵阵晕眩
一个女老师抱住粗壮的乌松
像抱住汪洋上
一根飘杵

仲秋的田畴
野草行将枯萎
稻菽渐趋黄熟

我站在屋后山丘上
咬着月饼，其中的一口
噎在了喉咙
一双赤脚，第一次触摸到
正在退烧的地表

2016年9月8日

此岸彼岸

生命的尽头，透进一隙之光
我们都是夜游者
拽紧鬼神的衣袖
步入时间隧洞

更多的人，仆倒在黑暗中
终结今生，留在了此岸
却有寥寥几个，挣揣着
走到时间的洞口
敞开襟怀喊——
我心光明

横在前头的是一片浩阔江海
我们这些逝者已经不会知道
望洋兴叹的人，又有几个
泅渡到了彼岸

2015年9月6日于泉州

人类若是没了

人类若是没了
时光与玻璃幕墙
一齐破碎　时间随着高楼
坍塌　满世界废墟
留给谁收拾

人类若是没了
在文明的遗产面前
陆地裸露的部分
都穿上苔藓的绿衣
不会再害羞

人类若是没了
地球倒着转
日月退着走
蔬菜回到了荒草坡
沼泽开满四季花

人类若是没了
鸟兽虫鱼欢呼着
找回家园　只有乌鸦叫苦
它忙于替人收尸
唱诵安魂曲

人类若是没了
曼哈顿泡进大西洋
迪拜摩天楼折戟沉沙
金字塔兴许还在
留给谁来瞻仰

人类若是没了
湖海宁静　江河畅流
风雨雷电来去有时
虎豹熊罴森林中徜徉
大地一片洪荒

人类若是没了
一切会不会从头再来
猩猩狒狒会不会进化
会不会像人类一样
上天入地之后
迷恋上考古

2015 年 8 月 31 日

台风的样子

它是茫茫宇宙中
一切事物积聚的形状
像一个大陀螺
疾速飞转时　挟风带雨
风眼俨然黑洞
深不见底的饕餮之口
吞噬一切

我若是月神　就倚在
蟾宫的栏杆边　仰望它
在蓝色星球上腾挪
浩叹　它的壮美
而我只是地上
一条无助的蠃虫
任凭天地造化
却怎么也长不出
一双扑扇风雨的翅膀
飞临在
青空之上

在所有生灵中
我卑微得
可以忽略不计

也注定离不开
这个地球半步
弥天风雨中
我只想钻入
螺旋状星系般
深陷的风眼
那儿兴许就是
连接平行宇宙的
一个虫洞
幽暗里　蹲着一只
点亮蓝色睛光的
薛定谔之猫

2015年8月10日“苏迪罗”台风过后

遥祭东方之星

巨轮溯流而上
没能穿越雾锁的暗夜
却让一阵龙卷风
吞噬点点渔火
把天地打了个翻

于是浑浊的长江
如蒙着黑纱的天河
横亘在夜空上
曾经熠熠的东方之星
没入茫茫霄汉

这是淫雨六月
趸船泊在江中
桅杆挂下白幡
为四五百个生灵
于风浪中招魂

这是多水湘楚
源源汨罗江
自两千年前赶来
从覆船朝上的底部
轻轻抚过哀伤

这是端阳时节
溽暑里疯长的菖蒲
也已无力辟邪
只有一粒粒角黍跳进江水
祭奠密舱里的屈子

2015 年 6 月 5 日

高楼上读霍金

在这个高度读霍金
时间就是一阵劲风
呼呼吹过天际线
让地球草香扑鼻

合上这本薄薄的书
我已经不再
去想世间的俗事
遥望西南天
佛祖趺坐灵鹫山
正拈花微笑呢
老人家的意味
蓝天一样深

伸出一只手
就能触摸天界
在另一个宇宙
另一个我
也站在高高的阳台上
朝着这边张望
想的也都是
天外的事

2015年5月19日于北京

纸上乾坤

假如一个个数字
可以系成绳结
飞禽走兽　红花绿卉
不就能简约为线条
图解芸芸众生

假如一团混沌
可以澄清日月星辰
高山大川　云雨虹霓
不就能编织绢帛
轴卷大千世界

假如闪现的灵感
可以搭乘火箭
哲思玄想　诗情画意
不就能装订成册
砌入高高的书墙

有机的楮浆　无机的墨汁
凝结如兰的幽香
几千年文明
研光成一张张纸
纵然薄如蝉翼

承载的却是
朗朗的乾坤

2015 年 4 月 23 日

蓝·飞离雅加达

今天　海天一色的蓝
我们在赤道起飞
身上的钢盔甲
是鼓满风的蝙蝠衫
披着它翱翔
就远离弧形的凡尘
只有一轮骄阳
紧紧追随
在天顶之上

今天　石径般的云絮路
遥在宇宙之外
涤净的穹苍
悬空竖起
万仞嶙峋
我们贴着危崖走
走过九霄栈道
走过了人间千年
天上的人儿
忽而是游鱼
忽而是飞鸟
能横越这无际涯的
蓝吗

我知道不能
那么今天
我们就失联吧
失联　只是地上亲人
望断天涯
蓝到无底的
挂念　和　怀想
而我们早已融化天际
在深邃的时空中
世间又已千年

2015 年 1 月 19 日于北京

第五辑

雨如花籽

山 雨

当我从淅沥的亭檐下
盛满一勺清凌凌的雨水
才知道，一个小小的茶壶
足以装下一场豪雨

雨打落了几枚绿叶一样的
鸟鸣，如跳跃的文字
在我的眼前分行，水池上
一个个雨圈押着韵脚

山外，正为哈贝马斯庆生
并热议他所鄙夷的犬儒
而我只怜惜一丛芭蕉
它颓败的样子，像铩羽的人

现在，我坐拥一座空山
要收起一场任性恣意的雨
只留下风，如那一个
同我轻声说话的人

2019 年 6 月 22 日

郊山春雨

在郊山，雨如春草
从地里，从天上，纤纤细细
飘飘柔柔疯长了出来
直的，垂挂帘栊，隔开了你
斜的，编织疏网，兜住了我
我把心掰成一张阔大的海芋叶
也没能留住绷断下来的
一滴滴。它们矜持而任性
情愿作巨榕的气根，一头扎进土里
或是纷扬的花籽，播撒荒坡
企望一场雨后的暖风
——在郊山，我拥有草木
却浪掷了四季，濯足涨起的溪涧
又错过流水一样的你
当雨停息，满地枯叶和早花
叫我的心，比涤荡过的
空山，更空

2019 年 3 月 9 日

杏花噙着一滴雨

新生的一切，都在
云幕后面，等待缤纷出场
到万紫千红开遍
一阵雨，足以掏空云天

你会看到一颗雷
在薄暮或清晨，撞响洪钟
把刚刚洗涤的一片晴空
推到更高远的去处

绿的虫鸣，红的鸟哨
水彩般晕染树林草甸
着色的事物，都有了着落
如捋过的风熨帖大地

而在雨霁之后，属于我的
只有杏花上噙着的一滴
纵然我百般不舍
也已到了辞别的时候

2019 年 2 月 28 日（己亥年正月廿四）

雨如花籽

一把伞，撑得起
铅色的云空，却拒绝不了
仲夏天的一场雨

其中任性的几滴
从伞沿潲来，花籽儿一样
播种在我的心田

我终于回到内心
等待时令，守候玫瑰花开
不理会沟洫之外
一片恣肆无忌的洪

2018年6月22日

却与谁说

憋了一整个季节的
一场豪雨，瓢泼向四月
曾经缄默的事物
都找到倾诉的对象

草的话，说给蜻蜓
花的话，说给蛱蝶
掠过我头顶的一只鸟儿
把一路欢歌，捎给
远在纪元前的公冶长

而我捂在心中的话语
却与谁说

千红万紫齐声合唱
春，热闹了起来
喑哑的却是一株黄钟木
它指了指我的身后
一袭单薄的孤独

现在，连一片片枯叶
都纷纷回到松软的土地
我却还在无垠的荒野上
寻觅归家的路

2018 年 4 月 8 日

梨花白

不因为落尽了叶
就能卸下所有的心事
一树一树的煞白
如无尽的愁绪
叫我不忍

对于又一个春天
我带雨的情思
已在凄清的风中
托付战栗的白花
说尽哀伤

惨淡的千朵万朵
雪花一样凋落
心就无处安顿
当绿意压弯了青枝
我在树下的一泓
照见头上的白发

2018年3月14日

有的雨

有的雨，徐徐离去
淡出我的视线
在我反身间，幻化成
一朵朵轻盈的雪花
一些上了高山
一些远走他乡

有的雨，朝我拥来
却在新季节的门外
围起高高的栅栏
把我拦在了旧年份
那雨，一滴滴
漏进我枯槁的生命
一些结成了冰凌
一些长出了铜绿

虫豸仍蛰伏原野
植物还孕育着胚芽
而我，已不再祈求新生
只想去一趟北方
借来凛冽却干燥的风
把雨天推远
把雪山搬到晴空前

我要最后一回
瞻仰她皓白的峰顶
这个圣洁的神女

2018年1月10—11日

立冬雨

雨，洇透了风
风，飘挂在
落尽了叶的异木棉
带刺的异木棉
满树香扑扑的美人花
红粉一样
化入最后的秋景

是谁在天地之间
拉过一张雨帘
隔开了季节
是谁用淋漓的情丝
淅淅沥沥，打湿我的身
而你，却在
染红心形的乌桕叶后
像一片含笑的阳光
默然转身，走进秋
迷蒙的深处

我刚跨进冬的门槛
你，却深隐到
天的那一边
假如这时，我褰起

一面细雨编织的帷幔
还能不能找见你
你还是不是仲秋时节
姣好的模样

2017年11月7日（立冬）

暮　雨

风扬扬，风送走红叶新娘
雨纷纷，雨在一隅苑囿
长成了纤纤芳草
倒映的毵毵垂柳下
一只高贵的黑天鹅
是湖面悠游的小画舫

远处，隔岸的灯火
烧红了半边天
车流奔涌、人潮翻滚
盖过滔滔黄浦江
而在我的周遭
草里的蛐蛐、归林的众鸟
用立体的喈鸣
筑起高高的篱墙
把裹挟热浪的喧阗
挡在了门外

2017 年 9 月 26 日于上海

雷 雨

大风呼啸，几个石碌一样的
雷，滚下了莽莽茅草坡
豪雨骤然到来，一阵紧过一阵
纷纷彷徨无主，一些雨
随着雷离开，一些雨伴着我
留了下来

屋前一座湖，把被雷雨涤荡过的
一片潮湿的暮色，揽入了怀中
蓄得满满的水，被山风吹皱
是我的乡愁

谁撇的一个水漂，要凌波越过深湖
终究没能抵达那边的岸
石片刮破了水面，隐隐的疼
沉落到了湖底

2017 年 8 月 6 日

潮与雾

我想把大海，当作一面镜子
照见遥在天边的你
谁知翻滚的潮，涨成了雾
雾和潮合谋
淹没了世界

所有的事物，在弥漫的
水分子里飘忽，化作了空无
只剩下潮湿的爱情
浪逐沙滩，拍上岸来的
都在沉闷声中破碎

潮不退，雾不散
一路寻觅，周身沉浸
此时的我，为什么更加想你
——驳岸上两排木麻黄
被我走成无垠的森林

现在，你是不是那一轮朝暾
跃出山岬，站到了雾顶上
我要不要去点燃一株凤凰木
让几簇摇曳的烛火
等着你飘临

只是潮开始乏力，雾却更浓了
露已经从草尖滴落
谁堆的沙器，也被浪儿抹平
在潮海雾天里
我越走，离你越远
……

2017年6月29日于东山岛

霏霏淫雨

你将细雨编成珠帘
挂满天地间，隔开了我和你
我把细雨种植心田
让思念，夏禾般疯长

你将细雨扎成花枝
水涝过后，又是一束满天星
我把细雨蓄满心湖
一片深情潽出高堤

你将细雨洒遍大野
待骄阳露脸，更加烂漫
我把细雨交还天空
愁云惨雾后，又是一场灾殃

霏霏细雨，是我
䌷不尽的情丝，你若有心
就把空气都拧出水来
让爱，满世界漫漶

只有你才是阳光，墙壁上
汗一样淌下的水，被褥里捂着的霉
都是我富含水分的情愫
就等着你来，一一曝晒

2017 年 6 月 21 日

雨，说来就来……

雨，说来就来，豪迈地来
斜落而下的雨
总有几滴，与绿叶邂逅
用银箔似的光
跟季节，打个照面

雨，说留就留，爽快地留
打动了草木，雨不自知
绿叶上的几滴，凝成一粒粒
眼瞳，垂挂着晶莹
对季节依依难舍

雨，说走就走，不由自主地
走了，一些渗入了沙土
更多的汇成激流
天地间，水做的雨
只有故乡，没有归途

2016 年 8 月 28 日

雪　坡

曾经　漫天飘舞的雪花
是纷纷扬扬的棉絮
簇拥向荒坡
裹紧了世界

雪坡之外是蓝天
蓝天之外　又是什么
邈在天际的人儿
将耳朵贴紧穹隆
聆听神的谕示

此时　有人远去
深深的脚印
蜿蜒向地球的尽头
更长的路
盘旋在天之外
此时　世间万物
简洁得只剩下两样
譬如天和地
譬如我和你

此时　无边厚雪
焐热了旷野

酿制地底一腔血
岚气缥缈　化于无形
此时　我要扑向
一片皑皑　屏住呼吸
谛听大地心脏
跳动的声音

2016年2月5日

一滴雨

从湖海出发
自草尖登程
悄悄升腾到高空
也只是幂幂云雾中
淡而无味一分子
前世是水
今生还是水

迷蒙里无我
沉郁中飘摇
因为透明
才借人颜色
在云端栽倒之后
就融进沟洫汇入汪洋
哪里还能找到
你的身影

天不是你的家
地不是你的坟
所谓潇洒
只在跌落的半空
奔走天上人间
一切太匆忙

哪儿都不是你
可以依傍的琼枝玉叶

凝结成一滴
就已是整个世界
却让淅沥的叫喊
淹没于众声喧哗
无边雨阵中
你其实很孤零
怎能去独步天涯

风雷裹挟江河泛滥
你卑微的影踪
早已消融
你一定歆羡莲叶上
一颗含英咀华的朝露
微风中颤动晶莹
用虹霓之心
照映浑圆的天空

2015 年 6 月 11 日

木荷花雨

阔叶高高托起你时
也深深遮蔽了你
假如不随这一场豪雨
蹁跹飘临
我仰望的目光
该怎么去寻觅
你玉白的芳踪
更别想去攀缘
你被挺拔枝干的手
举过头顶的高度

闪电的长鞭笞击云空
中天被撕开的大窟窿
滚落一个个暴雷
林涛翻腾　沟涧横流
你轻悄的脚步
却慢于滴滴溜水
走成了一条花英路
朵朵素颜泛着圣洁
在我的周遭
铺展阳光

云毯终于卷起雨帘

藏到了九霄外
纷撒林间的木荷
沾着雨滴　如眼珠
水灵灵　笑开了花
有几瓣还挂在枝丫
像竖起的耳朵
聆听一声声
银链似的蝉鸣
我仿佛从天外来
满身披挂花雨
蹚过潦水　走进
出浴的夏天

2015 年 6 月 2 日

第六辑

欲去还休

大江舞动星辰

当我把这一条大江
从我站立的位置
整个儿扶起，它就是一棵
天地间高耸的巨树

这时，我才发现
它真正的源头，不在沱沱河
而在这片广袤的国土下
每一株草木的根部

你看到的是，一股洪荒之力
推着滔滔江水向上奔涌
最后伸出一双臂膀
举起了浩瀚的海洋

现在，我要把夜空拉近
让曾经淘洗岁月的大江
在初秋的清风中，与我一起
舞动漫天的星辰

2018 年 8 月 29 日夜于南京

独秀峰

山不转水转
水不转，时间顿然凝固
坐成一个明朝老藩王
愁对四面来风

洞府里的春秋
化作一股幽蓝的烟氛
绕过几道弯后
终于穿越到了今天

天高地阔依旧
却早已物是人非
一条中轴，纵贯南岭之南
收去靖江王者气
卷起古越千里山川

曾经匍匐的小丘
都披上锦绣、挺直身子
高高站了起来
你还有什么魔力
驱赶群山，放牧漓江畔

2018年2月26日（戊戌年正月十一）

漓　江

当漓江的春水
民谣一样漾着天地倒影
一座座蛮腰的翡翠峰峦
就从水中探出身来
踏着波浪的律吕
在两岸袅娜舞蹈

摇曳的凤尾竹
拂过宽长的绿绸水袖
山峰的熔岩洞里
一根根槌状的钟乳石
敲击一声声五彩的鼓点
和着流水激越的节拍

清风与乐曲
与每一个人心中
飞逸出的翠色情韵
酿成满江淌溢的三花酒
一头大象埋首痛饮
醉了的却是群峰

渔夫和鸬鹚知道
只有他们的家乡

流过三条时光的河
一条是头顶上的白云
一条是竹筏下的碧水
还有一条在山的心怀里
汇入潺湲的暗河

2018年2月23日（戊戌年正月初八）

风雨峨眉

骤来的风雨，遮蔽一切
佛，只给我们
留下一条路

风雨中，他老人家
放平了峭壁悬崖
我们披着风雨上山
匍匐前行

不离不弃的只有杜鹃
一齐走，一路开
大如莲，白如雪

攀上金顶，风雨不歇
我深知，修行未成的人
还瞻仰不到佛光

佛，拈花微笑
在高高的云天上
驾着人间风雨

2017 年 6 月 14 日

九寨沟

握笔，笔颤抖
翻拣文字，文字瑟缩
九寨沟外，天地黯然失色

是的，对于她
我已经无能为力
只有凝噎，只有窒息

天上人间最美好的事物
神，都给安排好了
我们还能再做什么

他，就是远处那座雪山
高坐云端之上
俯看着我们

2017 年 6 月 14 日

武侯祠

封侯的丞相，依傍着昭烈庙
却占尽了蜀汉风光
先主的坟冢堆垒得再高
还能高得过你吗

羽扇纶巾的，端坐在玻璃方箱里
花彩脸谱，挂在红墙边
我不知哪个才是真正的你
只知道偃旗息鼓间
金戈铁马煅冶成铜雕
陈寿的三国，也被演义成
罗贯中的评话
当我跨出侧门走进锦里
街衢熙熙攘攘
高出人头的古戏台上
早已空空如也

千年之遥，其实只隔一道墙
墙里，古亭瓦楞长出荒草
墙外，老银杏筛下今天的阳光
淙淙逝水流过明渠
已经没人在意

2017 年 6 月 12 日

山海关

顽寇与红颜，谁是妖氛
谁是祸水？烽火城堞上
倒戈的枭雄冲冠一怒
是为江山，还是为美人

当一名铁骨铮铮的英雄
被自己的同胞一刀刀寸磔
这个民族，就像一座
剥落砖石的城墙
活生生受尽了凌迟
除了一个凸着眼球的头颅
一具漏风的骷髅
还剩下了什么

两千多年、一万多里
从雄关嘉峪一路溃退下来
到了这里，已经是
最后一关
一个老迈的民族
难道就这样
走到了尽头

关内四月天

新阳熨平一池碧水
细长的柳条，垂吊着
历史沉积层下一个个古人
高高的瓮城
瓮城里新植的松槐
还能驱走北来的沙暴
羁縻得住皱起笑纹的
春风吗

2016 年 4 月 22 日于北戴河

欲去还休

蓝天贴上大海
大海就起皱了
皱成一匹绉纱
筛滤一缕缕清风

清风系上喜鹊的翎羽
一双扇起的翅
裁剪一片阳光
细碎的阳光缤纷洒落
在海面铺来一条芳径

一条芳径
波浪就是玉砌的阶梯
春光正好　我却要
驾着长风归去
只恐惊飞了　浅滩上
麇集的红嘴鸥

红嘴鸥呀　你们就这样
恬静地待着多好
我已经没有别的什么企望
只愿披一袭阳光的风衣
站成你们中的一个

2016年4月28日于北戴河

云雾天宫山

登上天梯
云雾就在脚下
那是曾经遥不可及的事物
今天　顺着涧流的方向
瀑布般飞泻
潮水般漫涨
在凌空的峭壁悬崖
亲山亲水
亲草亲木
其中的一片
就飘挂在
我的衣袖

圆通寺的洪钟
荡开一层层云涛
尘世里的芸芸众生
都已浸淫在
深不见底的雾海
天际透进的一抹秋阳
隔开了苍穹与大地
我站在团团云絮之上
摸得着瓦蓝的天
却找不见回家的路

那就攀上金顶
在铜弥勒的莲座下
袒腹打坐　开怀笑人
用无上的高度
遥望亿兆年的未来
让身旁的万佛塔
作飘忽风雨中
一盏慈航的灯
闪现紫色的祥光
照耀跋涉路上
迤逦归乡的人

2015 年 9 月 17 日

柏林墙

当水泥预制板高高竖起铁幕
施普雷也纵贯成了天河
东方西方　一夜之间
隔开阴阳两界

当长墙终于被推倒
铁蒺藜也化作了橄榄枝
只许日月踱步的地方
溶溶晖光融成海洋

强人们耍腻了政治后
开始迷恋血腥的军事
俾斯麦是　希特勒是
难道后来的独裁者不是

幸好残墙还在
一个长于哲思的民族
开始用花花绿绿的涂鸦
诠释大战与冷战

世界之间的理
有几人琢磨得透
那幅画上　两个雄性领袖只顾亲嘴
压根儿就不想说清一切

2015 年 6 月 26 日下午自德回国草于北京首都机场

飞向京城

在祖国的东南
云层隔开两重天
朝向土地的一面
下着淅沥小雨
云层之上
晴空无边

我就踩着云的氍毹走
越武夷　过鄱阳
当机舱抱着我打战
骄阳旁的我　已经知道
滚滚的长江
就在脚下

待云絮退尽
中原大地　笼盖在了
蓝天下　梯田等高线
勾画裸露的丘陵
那一些小山脉
在棋枰似的大野上
蠕动着蜈蚣

掠过齐鲁　黄河

自西天蹁跹而下
如毛泽东的狂草
那遒劲的一捺
斜亘华北
了无尽头

今夜　我栖落燕蓟之地
在皇城根儿
不敢伸手触摸
国家的心脏
只是盯着电视看
看见荧屏　不断地
跳闪

2015 年 3 月 2 日于北京

俟河之清

在青藏高原的边上
一条绿绸带飘向大西北
那是你吗　黄河

来自西王母瑶池
曾经冰清玉洁
是你横穿了人间
还是历史裹挟了你
满身搅和滚滚风尘
在沟壑纵横的黄土高坡
你就这样
以浑浊面对苍凉
永远让我心疼

你咆哮向前　是要融入
远方无涯的海洋吗
却在今天停止了奔腾
而历史并不曾歇息
壶口浊黄的冰凌
凝固的是时间的瀑布
悬挂着的是你的疲惫

“俟河之清，人寿几何”

现在　我只能
溯着历史　逆着长河
跋涉到你的源头
去瞻仰巍巍古昆仑
横空的冰川下
“黄河清，圣人出”

2015 年 2 月 11 日（腊月廿三）于兰州

七夕在九乡

九乡惊魂峡上
我看见谁
早已在这儿筑坝截流
它真能阻挡我
往水流的方向去吗
今天恰是七夕
我和你　怎就这么巧
携手在鹊桥之上
幽长的溶洞里
彩灯渲染的琳琅春秋
打问的却是
今夕何年

穹隆悬挂着
地上拔起着
一对对钟乳石
垂落的水
滴滴点点　点点滴滴
如心跳　似秒针
滴落着匀速的时间
却不知　双双凝眸的
他们　何时才能接上
渴望中蜜甜的一吻

——与其苦恋
千年万载　万载千年
不如你撑篙放歌阳光的
湖上　我潺湲潜入
岁月的暗河

2014年8月12日于龙岩

束河之水

手鼓拍响的
是当年的蹄音
光碟旋出的
是那时的驼铃
我已不能随着马帮
驮负雪山路
去往高天的那一方
只能顺着茶马古道
滑下一缕缕微风
如穿城石渠
无比澄澈的泉
轻拂柔柔的水草
走进二十一世纪的
束河镇
坐河边酒吧
听现代摇滚
看过往的红男绿女
在高原的蓝天下
在水柳的疏阴里
酩酊醒醉
——我的酒盏
涸了　你的清流
还在哗哗地
淌着

2014年8月12日于龙岩

丽江时光

去土司时代
辐辏状的市廛里
漫步　我蹚入了
一条涌动的人潮
那是时间的水流
百千年那么长
万千人那么稠
古今喧豗的繁华
在柴楼瓦檐下
打磨巷陌五彩石
让时光凸起质感
一片片
滑亮

走向街衢口
兀立的老水车
欸乃着　在石渠里
切割一截又一截
泠泠滑过的时间
有“一米阳光”
被旋着戽起
拎到高处后
泼洒开来

随那流水
融入了
历史

我只是悠悠岁月里
一个匆匆的过客
是暗香浮动中
那面非洲手鼓
蹦出的曼妙音符
深情地羁留了
这一颗驿动的心
“滴答　滴答
小雨拍打着水花
滴答　滴答
你是否还牵挂着她”
伴随好听的旋律
小雨在清丽地下着
滴答 滴答
宛如一双纤手
拨动我心弦
叫我怎能
不想她

2015 年 3 月 25 日

跨越海峡

从此岸到彼岸
云朵上的路
总怕一脚踩个空

从简体到繁体
汉字间的理
任谁都无法说清

今日午后
我随着南下的冷气流
飞降台北松山
不曾想　同纬度的
这个宝岛
气温更高些
普通话也更纯些
爱吃辣的我
还真邂逅了
一盘剁椒鱼头
一杯金门高粱
低盐的羹汤
烧沸滚烫的乡情

只是此去瀛洲

却绕了整整一甲子的弯
回望来时路
海峡与天空一色
一派雾雨迷蒙

2010年1月6日

第七辑

季札挂剑

侠者是客

一柄出鞘的剑
月光一般，照见人心
而今夜的瓦霜上
又是谁，在电光石火间
了却了恩仇

一滴滴，喋血无声
只见那人披上蝙蝠黑
转过了身来，在秋风中
舞起飘逸的衣袂
倏忽间绝尘远去

往来人间，侠者是客
除了过眼繁华，带不走的
更有红尘里的未了情
梦中目送着他，醒来时
我却在他的江湖

2018 年 11 月 1 日

甲申年的马江

大江从八闽深处绕出
带走了两岸青山
叶绿素浸染的宏阔水面
本是经天的日月
另一面和平的晴空

水邂逅南台岛
可以匀出又一条路来
水遭遇横行的坚船利炮
只有与狂浪狭路相逢
忍看江底的沙崩

棹歌渔火曾经千年
一路欢畅的江水
假如不是因了
一轮残阳惨烈的大血喷
不会腥膻到今天

落水将士一个个下沉时
一座座丘陵在冉冉隆起
海口前两江汇流
浊水交融着血与火
挤向最后一道窄门

2018 年 7 月 25 日

忠悫自沉问 ①

端阳天，水波不兴的昆明湖
是不是虚掩着时间的门
当你猛然间破门而入
是谁迎面拥抱了你

那一根花白的长辫子
同时被你拖下了水
是新邦打成的一串麵节
还是前朝留下的一条尾巴

颐和园是谁的剩水残山
鱼藻轩前荡开的涟漪
是为自己画下的句号
还是写给生者的一组密码

当你从一摊腐臭的淤泥里
被打捞起时，你蜷着的僵躯
是一棵茶了花叶的老莲
还是走在你前头的王朝
已经冰凉的尸身

2017 年 9 月 1 日

① 王国维，字静安，号观堂，谥忠悫。

屈　原

我知道，当你把背影留给楚王
就把身后名交给了历史
带走的，只有怀里揣着的一颗
比铁石还沉重的良心

我知道，当你从苇岸上纵身一跃
就与一股汹涌的浊流迎面相撞
你终究没能阻挡住什么
却与绽放的浪花，一起碎骨粉身

我知道，当你哓哓叩问苍天
荆楚大地却一片噤声
汨罗太息，两千年那么长
江风呼号，离骚日夜悲吟

我知道，悠悠远去的江水
一堆堆翻滚而起的，全是怒涛
却怎么都涤荡不尽
三闾大夫旷古的离恨

我知道，龙舟再怎么竞渡
也已赶不到历史的前头
一只只楫桨，再用力划行

也打捞不起一个早已心死的诗人

我知道，庙堂容纳不下一颗忠心
我们也无力搭救崩塌在江里的云峰
只有每年此时，把箬粽包成棱角
一次次戳痛民族的伤痕

2017年5月31日（五月初六）

季札挂剑

江山都能拱手相让
你还有什么不能放下

譬如家国，可以托付父兄
譬如天下，可以交给虎狼
只有一颗暗许故人的心
放下后，却不能带走

现在，你将一柄千金宝剑
挂在了徐君墓前的松枝上
孑然一身，翩然离去
已经了无牵挂

现在，高悬的剑，是琴弦
南来北往的风，是一双素手
邶风豳风周南召南
高天下弹奏
大武韶护大夏韶箾
尘土上起舞
你是春秋宁馨儿
他是千古一知音
瞻顾身后勾吴，那一派
姑苏风景，黍离离
尽在白烟青雨中

2017年4月25日

汤屋梨花树

——写走出凝春晖楼的瞿秋白

高山上，临风的玉树
沾着雾滴，在灰蒙蒙的云天前
在澄澈透底的
明镜里

皴裂了皮的铁色树干
附满苍苔，柔韧的枝条
摇动一朵朵洁白，茫然目送
从翠微的层峦叠嶂间
一路颠踬而去的
一簇簇映山红

八十二年前，就在这样的
早春二月，你像一株梨花树
从汤屋村凝春晖楼前
踽踽走远，料峭寒风中
抖落了白花，掉落
满地红泥

2017 年 3 月 13 日于长汀

董说的镜子

你注视着镜子，而镜像操控着你的意识。
——[法]萨比娜·梅尔基奥尔－博奈《镜像的历史》

照着一面镜子
你难道就能分辨得出
镜里镜外　哪个是影子
哪个才是你自己
你代替不了影子
正如影子
代替不了你

而你却要遁入
一座镜房　大大小小
挂满四壁的镜子里
有无数个你
每个你的脚下
都是一条歧路
——世界白茫茫
亮得刺目　一眼望不到头

在浔水之滨
雨打芭蕉的幻景

古莽之国的故事
都锁进了藏梦兰台
那一场又一场梦
就是一面又一面
镜子吗　于是你
燃一炷叫作振灵的篆香
让蜷曲飘升的烟缕
打成一个又一个问号
讨回的都是
一阕偈语——

心迷　时不迷
心短是佛　时短是魔

2016 年 7 月 25 日

熊砖井

——写合肥东乡磨店村李鸿章家井

曾经的燹火焦土下
汩汩冒起的泉眼
借助交汇的两支淝水
足以润泽棠棣之花

古井岁月般幽深
却是一面澄明的镜子
前来打水的人
都要躬身照一照脸

时间柔韧无比
如一条又一条长长的绠绳
硬是在六棱井栏上
勒出一道道沟壑

有个簪花少年
喝了水就心比天高
把麻大田边的这一泓
辟作了浩渺的北洋

照映云空的平静井水
有一天竟掀起狂涛巨浪

他亲手缔造的铁甲水师
难道就平白翻覆在了
这深深的井底

2016 年 6 月 24 日

西崎海之陶

你曾是海滨女发髻上的
一个陶罐　在她袅娜的碎步中
清凌凌　漾着一汪水
溅起的水珠
打湿一片夕阳

大洪水天上来　海上涌
东海平原一夜间陆沉
你为何不化作几个空葫芦
抱紧伏羲女娲的腰肢
泅水西去　退避山梁

你的万年宿命　除了破碎
还是破碎　时间是淼淼太平洋
深藏起你时　忘了弥缝伤口
陶片上稚拙的线形文
刻写天圮地坼的景象

海龙王世界里　沉埋着
东方亚特兰蒂斯城
被历史遗弃的你
在海泥之中　用粗粝的一片
托举灏灏汪洋

2015年8月4日

慈悲之恋[1]

台城之夜　你盘坐在
一席月晖之上　安详如隐者
她颈项上的纱巾随风飘动
如皓月的一只纤手　挽住的是
属于你　也属于她
一颗不羁的心

为排遣苦恋的襟怀
你挥笔写就燕燕于飞
画面上的仕女　从哪个朝代
款款走来　却这般多病多愁
怅望宣纸上一只轻灵的燕子
千古出神
而她只消一粒红豆
就温柔击穿了
你那颗墨汁淋漓的心
灵犀一点通时　化作滴滴鲜血
染色天边的云霞

一片残阳　万丝杨柳
渴念你　怀恋她

---

① “慈”指著名女画家孙多慈；“悲”指其师、大画家徐悲鸿。

只在秋风江上挂帆时
迢迢海峡如一泻千里的天河
滚滚流淌　两岸的红树青山
为何总不知
这个伤心时代
梦幻般演绎的国殇
国殇中 无限的爱恨与情仇

2014年3月24日

特辑

辜负秋阳

咏　月

不论圆缺，还是起落
你都是我的一个
头戴吉祥光环的神女
循着恒定的轨迹
款步走过天庭

孤傲，却比爱情崇高
朦胧，却比哲学明亮
属于永恒的事物
都在你宗教般的
柔光中，给出了昭示

是的，你从来就不曾
照亮过所有的黑暗
可你用一片片黑暗
给自己，也给我
铺出了一条路来

2018 年 9 月 27 日

秋之恙

透过朝南的窗户
与被高楼尖顶割裂的天空
遥遥对视，柔弱的秋光
挨着玻璃幕墙过来
伫立门外，和房里的四壁
一样苍白

好不容易从街巷里
挤出来的风，踅入走廊后
馊成药味，骤然凉了下来
僵卧床上的人知道
季节与季节泾渭分明
楼里与楼外两个世界

晌午的日光，清夜的月晖
此刻交融成了秋意
倒挂在一个瓶子里
点点滴滴，掺入我的血管
我缓缓热起来的血液
迂回奔流，有如时光

2018 年 9 月 29 日

揖别猿猴

揖别猿猴，猿猴还是猿猴
而你已经不再是你
你用直立的双腿
支起一根嶙峋的脊柱
撑起无比沉重的天

它与你，只隔着
一个骨节的距离
用一条不太长的尾巴
就平衡了天和地
而你的体内，却隐隐发出
骨骼之间抵牾的脆响

其实，蝌蚪与青蛙未尝不是
青蛙们只要喜欢
就会不时跃归水塘
而你还能重返洪荒
在丛林里从头来过吗

2018 年 10 月 6 日

秋，深了

秋，深了
华灯上的夜空，却浅了
在稀疏的几颗星中
我认出了你，可我不敢
喊出你的芳讳

我知道你也不会
一如那年初秋
你像一粒丹丸，落入我心
我濒于枯槁的生命
就在那一刻回春

现在，秋风正紧
它可以吹来一座座山
就不能捎带着
吹送星一样的你吗
我是秋末枝头的一片叶
你再不来，就落了

2018 年 10 月 7 日

手 术

坚强的质地，是脆弱
真爱的代价，是椎心剧痛
而命运的本相
只有在刚健的骨骼
窳败之后，才暴露无遗

造物主并不偏心
一切都是最好的安排
只有人类，太高估了自己
把钙块叠起的脊椎
竖成了一座危崖

此刻，我在麻药的掩护下
潜入一片神经的密林
挖掘出一粒深藏的虫蛹
再用足另一半时间
小心矫正其中的一个骨节
让业已弯曲的腰板
比早前，挺得更直

2018 年 10 月 20 日

辜负秋阳

如果这时去晴空旅行
我会化作一颗柿子
在一树枝头稍作驻留
让红熟的圆果沉垂下来
告诉你秋日的完满
如果这时乘风归去
我就串起一簇簇木樨
让金黄色的馥郁
点燃热烈的炮仗花
一路跑回月光里的故乡
巍巍群山举高了天空
习习爽风推远了原野
明畅流转的季节
拐过最后一道弯
淌溢出醇美的佳酿
走到终点的静候结局
匆忙赶在路上的
卸下了肩头的行囊
你就是她们中的一个
为了我已如约到来
而我被羁绊在方寸之地
辜负了满目秋阳

2018年10月21日

江心岛

今夜的江心岛上
我已将满世界的浮华
都挡在了窗门前
现在，还要让环流的水
把梦里河山，屏退到
江洲四围的外头

在水中央，溶溶的月光
桂花香一样曼妙飘翔
一些凝成了露
一些结成了霜
更多的，吹落成惠风
汇进奔腾的江水

这时，我要叩醒一颗
已经昏死过去的心
为尘世忍住所有的伤痛
——三江口陡然收拢
江心岛困在了江心
只有两支分合的大洪
转动了风水

2018年10月23日（霜降）

出窑的瓷

“只有砭骨的疼痛
才能唤醒一个麻醉的人”
被推出瘆人的手术室
在他惺忪的双眼里
周遭的一切，已然恍若隔世

窗台外点一檠莲灯
像佛的一支毫笔
在玻璃上写下偈语
“这个世界除了孤独
你没有什么可以独自拥有”

是的，是该慢下来了
如这一片徐徐走来的月
是的，是该歇歇脚了
像那一轮充血的日头
奔忙之后，回到幽邃的崦嵫谷

此时，旋飞的寰球
是盘古手上抟着的土坯
正等着月光上釉
“只要忍受熔炼，出窑的瓷
你不亵玩，它不朽坏”

2018年10月25日

下弦月

没承想，生这样一场病
成了我撒的一个娇
若不然，我还真的不敢
奢望你的到来

我听话，我不再闹了
一切都完好如初
而你久久隐忍的一颗心
是不是也已痊愈

因为你，晚秋如桂
须臾间浓郁了芬芳
而你刺栗般收紧了自己
叫我不舍放你走

你终于离开，带去了熏风
我却在一望凄清中
慢慢瘦削，如一钩下弦月
为你弓下身来

2018 年 10 月 27 日

忍着你的痛

纵使把芷岸当作一双臂腕
我也已挽留不住
一汪清凌凌的秋水
走向一条大江

窗槅上挂着一角蓝空
像你单薄的背影
又如凿向远天的一口深井
是我化不开的忧伤

黄昏合上一个秋
像折叠起的海与天
你走出江口，扑面而来的
不再是蜂拥的星辰

萧瑟秋风中，我的伤好了
却反而忍着你的痛
如长出树瘿的乌桕
忍着一片片血红的叶

2018 年 10 月 28 日

日出江岸

天，是你无涯的海
当滚滚的红潮一层层涨起
我在磅礴的东方
听到你撞响的洪钟

一场痛苦的分娩后
血染的羽翮缤纷蜕脱
腥膻的大江汇入霞天
山川莽苍苍，在悸动中醒来

而在不知腻烦的周而复始中
你诞下的每一胎日子
只有神才知道，没有一个
是他属意的宁馨儿

君临天下，谁都不敢直视
在赐予人间光明时
另一个世界，却沦陷进了
暗不见底的深渊

青天在上，鬼魅照常出没
当高耸的峰峦一路匍匐
是谁头顶着穹隆
掖起一袭身影

2018 年 10 月 30 日

只用来珍藏的痛

“伤筋动骨之后，是你抹去了疤痕”

都到嘴边的一句话
幸好被我生生吞回了肚里
不然，打在骨头上的一枚钢钉
会揭起刚愈合的伤口

一份只用来珍藏的痛
已一针一线，缝进了皮肉
当血痂枯叶般脱落
悬在枝头的果，也就红熟了

今天黄昏，漫过江来的雾雨
湿漉漉，挂上了我的窗棂
像就要辞别的秋
为我拉过一面帘幕

不曾想，今年最后一个台风
竟止步在了海面上
她的芳名叫玉兔
让我怀想月一样的你

2018 年 11 月 3 日

秋阑珊

一场雨，在为季节谢幕
当你轻轻推进门来
捧给我的，却是一束
粲然的阳光

秋阑珊，我的病也好了
可你却变得憔悴如菊
——深藏心底的
是你隐隐的伤
是我消不去的痛

缄默中，你打开
这个秋天最后一颗骨朵
一条条纤弱的花瓣
绦状伸展着，伸出了秋天外
如我写给你的一阕
加长了句子的诗

2018 年 11 月 5 日

菊花误

一个赶在路上的人
终于还是错过了花期
看着你，伸出纤长的手
紧紧拽住秋风
我独自神伤

在萧索的季节
你打开的，是华贵的心
却又为何付与了冬
残花上时光如露
泪珠般滑落

柔弱弯垂下来的朵儿
跟我一样不甘
虬曲的瓣，像要翻卷上去
再次回到蓓蕾里
等待明年花开

2018年11月19日

痛过之后

假如受一次伤
可以唤来一个你
我宁愿就此长卧不起
要不然，还有什么由头
能把你留下

而我痛过之后
你，却秋一样远去
当晨霜照亮瓦蓝的晴空
一片圣洁的情
在日光下一览无余

你是月，踽踽的背影
是一环茸茸的月晕
我们都心照不宣
可我一次次追寻
无限接近，却无法靠近

你是树，茕茕孑立在
初冬一丝丝寒风中
枝丫上不落的两片叶
如一对红唇，微微颤动着
像一个个吻

2018 年 11 月 22 日（小雪）